Laura Dürrschmidt

Es gibt keine Wale im Wilmersee

Roman

Ecco

eccoverlag.de

1. Auflage 2021
© 2021 Ecco Verlag in der
Verlagsgruppe HarperCollins Deutschland GmbH, Hamburg
Einbandgestaltung von Anzinger und Rasp, München
Einbandabbildung von Karlotta Freier
Autorinnenfoto von Elias Ott
Gesetzt aus der Dante
von Pinkuin Satz und Datentechnik, Berlin
Druck und Bindung von CPI book GmbH, Leck
Printed in Germany
ISBN 978-3-7530-0006-0

Für meine Schwestern

I

Ich habe meinen Namen verloren und Ingrid ihren gewonnen, und es gab niemals Wale im Wilmersee.

So kann man das sagen.

Aber man kann auch sagen, da waren ein Auto und eine nasse Straße und Schlamm auf den Dielen und Kastanien auf dem Fensterbrett und unbeantwortete Fragen und schwere Schritte und ein toter Fuchs und Blut an den Händen und Schätze in Zigarettenschachteln und ein leeres Haus und Dinge, die niemand sagte, und Dinge, die jemand sagte, obwohl sie nicht stimmten, und da waren überhaupt zu viele Geschichten und die Sache mit den Apfelbäumen und und und …

Aber so kann ich das nicht erzählen, so würde ich nur tun, was meine Familie immer getan hat, nämlich ihre Wahrheiten in Einmachgläsern im Regal verstauben lassen. Und wenn man die Einmachgläser dann öffnet, viele Jahre später, dann sind die Wahrheiten kaum noch zu erkennen. Und ich würde sie alle verraten, Mutter und Ingrid und Alice und August und

Vater und Jora. Also werde ich nicht die Einmachglasversion erzählen.

Ich werde erzählen, wie ich im Wilmersee meinen Namen verloren habe. Weil ich ja irgendwo anfangen muss. Und ich finde, dass es mit dem Wilmersee beginnen und auch enden sollte.

Wir waren acht, und es war Winter, und der Wilmersee war zugefroren. Wenn der Wilmersee zufriert in so einem bitterkalten Winter, dann kann man über das Eis auf die kleine Waldinsel gehen, die ziemlich genau in der Mitte des Sees liegt. Wenn. Der Winter muss dafür schon besonders kalt sein.

Der Winter, als wir acht waren, der war kalt. Aber nicht kalt genug.

Wenn ich mich anstrenge, kann ich mich erinnern, zumindest halb – ich weiß, Ingrid muss etwas zu uns gesagt haben am Seeufer. Zu Alice. Dass sie feige wäre oder so. Dass wir uns nicht trauen würden, den See zu überqueren. Wir Feiglinge.

Wir trauten uns. Das Eis trug uns nicht.

Und ich denke immer, vielleicht hätte es Alice allein getragen. Vielleicht bin ich das Problem gewesen, damals, oder sie. Vielleicht hätten wir uns aufteilen sollen, uns trennen, bevor das Eiswasser es tat. Bevor der See uns etwas wegnehmen konnte. So aber behielt der See meinen Namen und Alice' Leben.

Es gibt Dinge, die gehören dem Wasser. Das war etwas, das unsere Mutter gerne sagte. Dem Wasser gehörte meine ganze Welt, die es nur gegeben hatte, bis ich acht war, und

dann nicht mehr, weil diese Kindheitswelten nicht mehr auferstehen, wenn man aus ihnen rausgewachsen ist. Wenn sie
weitergegeben werden an jemanden, der gerade erst acht wird
und noch nicht weiß, dass man die Kindheitswelt wieder verlassen muss und dass das nichts Schönes ist. Aber ich bin aus
meiner nicht rausgewachsen. Ich bin mit meiner Kindheitswelt
untergegangen und allein wieder aufgetaucht.

Ohne die Welt. Ohne Alice. Alles andere ertrank. Alles andere gehörte dem Wasser.

Mutter, Alice', Ingrids und meine Mutter, sprach trotzdem
von einem Wunder. Weil unsere Mutter eine war, die an so was
glauben musste, Wunder.

Heute weiß ich, ich war nicht lang unter Wasser. Weil man
mir das nämlich erzählt hat, später dann, und ich es geglaubt
habe, weil ich mich ja erst mal kaum erinnern konnte, das
Ganze hatte mir eine tiefe Furche ins Gedächtnis gerissen, und
dann nimmt man solche Erinnerungslückenfüller dankbar
an. Man nimmt sie an und steckt sie ein und trägt sie mit sich
herum, ohne groß darüber nachzudenken, ohne überhaupt
zu merken, wie schwer sie sich anfühlen können, so in der Jackentasche. Was wirklich passiert ist, das ist Wasser.

Ich war nicht mehr ich, als ich aus dem Wilmersee zurück-
kam, aber Ingrid war endlich Ingrid. Früher haben Ingrid alle
Nollie genannt. Weiß ich auch nicht, wieso. Wohl weil es nied-
licher klang, keine Ahnung. Weil Ingrid hart klang für jemanden, der so still und zart war wie meine Schwester es damals
gewesen ist. Als sie in den See griff, um meinen Arm zu fassen
zu kriegen, ganz knapp, da hörte sie auf, jemand zu sein, zu

dem ein Name wie Nollie passte. Der vor einem Namen wie Ingrid beschützt werden müsste.

Ingrid hieß dann Ingrid, und ich hieß überhaupt nicht.

Ich lag mit Lungenentzündung im Bett, wochenlang. In meinen Fieberträumen war das Wasser. Nur dieser kurze Moment im Wilmersee, das hatte gereicht. Ich fühlte mich arm an etwas und wusste nicht, an was, ich lag da und sank in meinen Träumen hinab und hinab und hinab.

Walgesänge hörte ich keine. Ganz egal, wie oft Mutter mich danach fragte.

Vielleicht hat es ja etwas Gutes, sagte sie dann, vielleicht hast du ja die Wale vom Wilmersee getroffen, da unten. Und sie erzählte mir diese blöde Geschichte von vorne, wie sie mir erst mal vieles von vorne erzählen musste.

Sie nannte mich nicht mehr beim Namen. Ich hatte ja auch keinen mehr. Der Name lag am Grund des Wilmersees, zusammen mit allem, was Alice gewesen war.

Und das sollte reichen, so zu Beginn.

Ich habe meinen Namen verloren und Ingrid ihren gewonnen, und es gab niemals Wale im Wilmersee.

2

Jora steht eines Freitags vor unserem Haus. Aber da weiß ich noch nicht, dass Jora Jora heißt. Da weiß ich nur, dass Jora ein Mädchen in einem waldgrünen Mantel ist, das hier nicht hingehört. So was von eindeutig nicht. Mit diesen Haaren und dieser Kleidung und diesem Auto und allem.

Es ist warm für Ende September. Später wird es regnen, obwohl der Wetterbericht das nicht vorhergesagt hat, Nässe bis auf die Haut, schneidender Wind durch das Herbstlaub, Regen in dicken, schweren Tropfen auf Joras Autodach. Aber noch ist der Himmel weit und leer.

Ich komme mit dem Fahrrad die Pfingststraße hoch, ruckelnd über das Kopfsteinpflaster, die Kamera schlägt mir schwer gegen die Hüfte, hinterlässt bestimmt blaue Flecken, ich habe da immer blaue Flecken. Ich sehe das Stuttgarter Kennzeichen. Nicht von hier. Weit vom Schuss. Leute mit Stuttgarter Kennzeichen kommen nicht nach Wilmer.

Wilmer ist nicht das Ende der Welt, aber das Ende der Welt

ist in Wilmer schon ausgeschildert. Auf dem Weg zum Ende der Welt muss man Wilmer durchqueren.

»Entschuldigung, mein Auto hat 'ne Panne.«

Sie sagt das zu mir, aber erst mal merke ich nicht, dass sie mit mir redet. Dass sie mich meint. Das ist so ein Problem von mir geworden, das Sich-nicht-angesprochen-Fühlen, das Nicht-wirklich-da-Sein.

»Kann ich ... vielleicht euer Telefon benutzen? Ich will meine Tante anrufen.« Herbstlaubkupfergoldfarbene Haare. Augen wie Tümpel. Der Herbst selbst, denke ich. »Hey. Hast du mich gehört?«

»Ja«, sage ich, »wieso?«

»Also?«

»Also.«

»Kann ich mal. Bei dir telefonieren? Das ist doch dein Haus hier?«

Sie hat eine komische Art zu sprechen. Worte tropfen ihr mehr aus dem Mund, als dass sie flössen. Sie stockt immer wieder. Setzt neu an.

»Warte hier«, sage ich. Ich gehe ins Haus und hole das kabellose Telefon, reiche es ihr über den morschen Gartenzaun. Sie greift danach. Ihre Bewegungen sind ruhig und vorsichtig.

»Danke.«

Ich zucke die Achseln. Sie wählt. Hält den Hörer ans Ohr. Ich kann das Piepen des Freizeichens aus der Ferne hören.

»Geht keiner ran.«

Ich sage nichts.

»Gibt's hier eine Polizeistation?«

3

Ich lege meine Kamera auf die Küchentheke und meine Hand auf die Stelle an meiner Hüfte, wo die Kamera grünblaue Flecken hinterlassen hat. Es ist ein guter Schmerz.

Guter Schmerz ist Kollateralschmerz, wenn ich den Boden gewischt habe und mir danach die Knie wehtun, zum Beispiel. Oder die Füße, wenn ich weit, wirklich sehr weit gelaufen bin. Schlechter Schmerz ist, wenn er nicht hätte sein müssen. Wenn er mir um des Schmerzes willen zugefügt worden ist.

Am Tisch sitzt jetzt Ingrid und blättert in einem meiner Bücher.

»Mit wem hast du gesprochen?«

Die Bücher handeln von Physik und dem Weltraum und der unmöglichen Messung der Zeit. Ich bin eine langsame Leserin. Ich lese die Zeilen oft zwanzigmal, bis ich sie auch nur annähernd verstehe, auch nur erahnen kann, was sie mir sagen wollen. Die Welt ist kompliziert, finde ich. Nur komplizierte Bücher können sie mir erklären.

»Mit niemandem.«

Wir sprechen nicht groß mit irgendwem, Ingrid und ich. Da sind wir uns einig. Auch wenn August uns das immer übel nimmt.

Ich hebe die Kamera hoch und fotografiere die Terrassentür, durch die das Licht fällt, das Jora eben noch so gut gestanden hat. Der Film spult vorwärts, das Klicken der Mechanik gibt mir das Gefühl, dass die Dinge ihre Ordnung und alle eine Aufgabe haben. Fotos zeigen, was nicht mehr da ist. Ich glaube, genau dafür sind sie da.

Ingrid kocht Kamillentee mit Honig.

4

Meine Tage sind alle gleich. Sie laufen ineinander, und manchmal vergesse ich, dass es überhaupt eine Grenze gibt zwischen gestern und heute und morgen. Warum hat man die überhaupt eingeführt, diese Absteckungen, denke ich dann, warum versucht man, die immer gleichen Ereignisse voneinander zu unterscheiden, Zeit einer Messung zu unterwerfen.

Es ist gesternheutemorgen, und ich liege in meinem Zimmer auf dem Teppich und starre die Deckenbalken an, die sich dort verlaufen wie Knochen in einem großen, hölzernen Körper, der Rippenbogen des Hauses. Draußen ist es dunkel. Diese Art von Dunkel heißt Nacht, hat man mir gesagt.

Ich habe eine von Augusts Platten aufgelegt. Klaviersonaten. Er hört sie kaum noch, er geht morgens früh aus dem Haus und kommt spät in der Nacht zurück und denkt dann, dass ich schlafe, obwohl ich das nie tue. Ich schlafe nie und bin nie wach. Ich hänge fest in diesem Zwischenraum, den Wachsein und Schlafen zusammen gestalten, und versuche, meine Gedanken nicht zu hören. Nur Augusts Platte und Ingrids Stimme, die mir manchmal Gesellschaft leistet und mir von früher erzählt, oder vielleicht auch von später.

Ingrid wurde am Telefon immer mit Mutter verwechselt. Als die Leute noch anriefen, um Mutter zu sprechen. Das passiert kaum noch. Jeder weiß, man erreicht sie hier nicht.

Ingrid und ich reden viel über die Dinge, die hier nicht mehr passieren. Ingrid sagt manchmal etwas wie: Ist schon schade, dass August keine Musik mehr macht.

Und ich sage: Schon schade, ja. Er hört ja auch keine mehr.

Und Ingrid: Schon schade.

Schon-schade-schonschadeschonschade.

Wenn es hell wird, glaube ich dann, geschlafen zu haben, weiß es aber nie genau. Ich stehe noch vor August auf und koche Kaffee mit Mutters Espressokanne, die mit dem kaputten Dichtungsring, die beim Kochen Wassertropfen auf die heiße Herdplatte spuckt wie Kirschkerne, und lasse für August den Kaffeesatz stehen, weil er damit die Kräuter auf der Fensterbank düngt.

Ingrid steht manchmal mit mir auf. Manchmal zieht sie sich auch in ihr Zimmer zurück, und ich sehe sie tagelang nicht.

Am Morgen des Tages, an dem ich Jora wiedertreffen werde, steht Ingrid im Türrahmen und sieht aus wie ein Phantom, weiß und blass in Mutters hellblauem Nachthemd.

Sie fragt: »Wann gehst du wieder zur Schule?«

Ich sage, dass ich das nicht weiß. Dass ich wenig Sinn darin sehe, zur Schule zu gehen. Dass ich einem verfallsdatummäßigen Gefüge namens Alter unterworfen bin und die Anzahl meiner Lebensjahre eigentlich zu hoch ist, um noch zur Schule gehen zu müssen, und dass ich diesmal bereit bin, mich der Zeit anzupassen und so weiter.

Ingrid frustriert diese Antwort regelmäßig, da ist sie wie August.

Du bist nicht zu alt, das noch herumzureißen, du bist höchstens zu alt, solche Ausreden zu erfinden, du musst etwas lernen, du musst etwas tun, du kannst hier doch nicht ewig gefangen sein.

Aber nein, ich gehe nicht zur Schule. Ich sollte morgens den Bus nehmen, zwei Dörfer weiter, und dort in eine Klasse für junge Erwachsene gehen, die das Abitur nachholen. Aber ich bin im neuen Schuljahr erst zweimal hin. Einmal, weil August mich persönlich dort abgeliefert hat, einmal, weil ich vergessen hatte, dass ich nicht hingehen wollte.

Auch jetzt gehe ich lieber an Ingrid vorbei, durch die Terrassentür nach draußen, die Verandatreppen hinab, durch die Apfelbäume hindurch, durch das Loch im Zaun raus auf den Trampelpfad. Da ist Nebel über den Feldern. Da ist Tau auf dem Gras. Da ist etwas, das gibt mir das Gefühl, dass sich nichts jemals wirklich ändert.

5

Ich kann nichts voneinander unterscheiden, manchmal sind an so einem Regentag der Wald, der Himmel und der Boden, der See und ich ein Teil von alldem, ein ineinander verlaufenes Aquarell. Unter den Baumkronen verstecke ich mich vor dem Wasser.

Dabei verstehen wir uns einigermaßen in letzter Zeit, das Wasser und ich.

Solange es mich nicht einschließt, finde ich es manchmal sogar fast schön. Dann mag ich, wie das Wasser alles verbindet und zerlaufen und eins werden lässt, wie alles zueinandergehört und stimmig wird im Blaugrau des Regentags, dann wirken die schweren Tropfen gar nicht brutal.

Unter den Baumkronen kriegen sie mich sowieso nicht.

Mit den Händen ertaste ich feuchte Rinde und ziehe mich hoch. Meine Hände sind nass und schlammig, ich rutsche ab, fange mich aber gerade noch. Die meisten in meinem Alter haben schon vergessen, wie man auf Bäume klettert, ich nicht, ich mache das noch, mir gefällt das noch, ich habe andere Dinge vergessen, nichts Nützliches, nicht so was wie Auf-Bäume-Klettern. Wieso vergisst man so was, wenn man älter wird. Wieso vergisst man überhaupt.

Das Vergessen ergibt für mich keinen Sinn.

Vergessen macht die Dinge nicht ungeschehen. Vergessen nimmt uns nur etwas weg, vergessen lässt uns nur weniger werden, weniger wir selbst. Vergessen ist zu einfach.

Ich sitze in der Krone meines Baums. Mein Baum heißt Jonathan. Das hat jemand in den Stamm geritzt. Jemand hat den Baum Jonathan getauft, und ich habe beschlossen, das hinzunehmen. Jonathan hält mich sicher. Jonathan-der-Baum hat sich diesen Namen mehr verdient als der Jonathan, der seinen Namen in die Rinde geritzt hat, um einen sinnlosen Besitzanspruchsversuch anzumelden. Jonathan hat seinen Namen damit nur an den Baum abgetreten, und jetzt ist Jonathan-der-Mensch namenlos und Jonathan-der-Baum der echte Jonathan.

Der Gedanke gefällt mir.

Ich schaue durch die Blätter. Und da sehe ich sie wieder.

Sie steht auf der Lichtung und sieht mich nicht zurück, sie sieht etwas anderes, steht da, als verstecke sich etwas im Unterholz, aber ich kann nichts Besonderes erkennen, als ich ihrem Blick folge. Ich frage mich, ob ich ein Foto machen sollte. Von diesem komischen Mädchen. Das nach Wilmer gekommen ist, obwohl niemand jemals nach Wilmer kommt.

Ich lasse es.

Ich schwinge mich von meinem Ast und lande sicher auf den Füßen.

Sage: »Hey.«

Sie fährt so heftig zusammen, als hätte ich sie geschlagen. Oder als wäre ich gefährlich. Eine zwielichtige Gestalt, die sich im Wald rumtreibt, vielleicht.

»Scheiße. Scheiße, du hast. Ihn verjagt.«

»Was?«

»Den Fuchs. Du hast ihn verjagt. Jetzt ist er weg.«

Ich starre dorthin, wo sie hinstarrt, aber da ist nichts, da ist nur Unterholz, Gezweig und Laub.

»Da war kein Fuchs«, sage ich, weil mir ein Fuchs kaum entgangen wäre.

»Klar war da einer. Hab ihn bis hierher verfolgt.«

»Wieso?«

Sie ist still. Sagt dann: »Weiß nicht. Wollte es so.«

Sie hat eine Regenjacke an und die Kapuze so tief über den Kopf gezogen, dass man die roten Haare kaum sieht. Ihr Gesicht ist sehr blass. Gespensterblass.

»Du bist ja klatschnass«, sagt sie.

»Ja«, sage ich, weil das wohl ein unwiderlegbarer Fakt ist.

»Wieso ziehst du dir nichts über? Ich meine. Was stapfst du hier. Allein durch den Wald?«

Ich könnte sie dasselbe fragen. Und das sage ich ihr auch. Und das sorgt dafür, dass sie den Mund zuklappt und erst mal gar nichts mehr sagt, mich nur anstarrt, als hätte ich ihre Vorstellung von der Welt als Ganzes gerade ins Wanken gebracht, aber das habe ich bestimmt nicht, ich bin niemand, der irgendjemandes Welt ins Wanken brächte.

Ich sage: »Geh nach Hause.«

»Ich bin hier nicht zu Hause.«

»Genau.«

Plötzlich ist sie vor mir, dicht, viel zu dicht. So dicht steht niemand jemals vor mir. So nah kommt mir keiner mehr. Einen Moment lang weiß ich nicht, was sie jetzt tun wird, ob sie mich schlagen oder umarmen wird oder beides, aber dann greift sie nur nach meinem Arm, einen erschrockenen Ausdruck im Gesicht.

»Du blutest.«

»Quatsch.«

»Du blutest. Da.«

Der Ärmel ist aufgerissen. Eine Furche zieht sich vom Handballen bis auf den Unterarm. Sie ist tief. Der Pullover ist nass vom Blut und vom Regen, und irgendwie ist das auch gar nicht mehr voneinander zu trennen. Wie das so ist an Regentagen.

6

Die Bücher, die ich lese, handeln von Raumzeit. Davon, dass in der vierten Dimension, Zeit, die der Mensch nicht sehen kann, alles nicht nur Länge, Höhe, Breite hat, sondern auch Dauer.

Ich bin mir nicht sicher, ob ich diese Bücher richtig verstehe. Ich bin keine Denkerin, weiß ich. Weiß jeder. Aber ich glaube, wenn ich vierdimensional sehen könnte, wäre klar, dass es Zeit an sich nicht geben kann. Weil Zeit nicht gleich Reihenfolge ist, sondern alles, was wir erleben, von der Geburt bis zum Tod. Einzelne, für sich stehende Ereignisse. So möchte ich darüber denken. Nichts passiert nacheinander, nichts passiert zufällig, da ist nichts, das anders hätte laufen können. Alles nur unveränderliche Bruchstücke, diese Ereignisse, die wir nicht mehr ändern können.

Aus der Vogelperspektive über dem Fluss der Zeit sehe ich alles, was schon passiert ist, und alles, was erst noch passieren wird. Alles passiert gleichzeitig und wieder und wieder und wieder und wieder in Endlosschleife, und nur wir bewegen uns vorwärts, aber nicht die Zeit, die Zeit ist nur Splitterdauer, nur ein Graph auf der vierten Achse des Koordinatensystems, das unsere Welt so vereinfacht wiedergibt. Ein wenig nimmt mir das die Angst.

In hundert Jahren werde ich immer noch ertrinken. In hundert Jahren werde ich noch immer auf der Lichtung stehen, mit Blut und Regen auf der Jacke. In hundert Jahren wird Jora noch nach Füchsen jagen, die es vielleicht gar nicht gibt.

Der Fluss meiner Zeit mündet in den Wilmersee.

7

Jora in unserer Küche. Vater hört auf, Bleistifte zu spitzen, Alice legt schnell die Wachskreide weg, Ingrid verschwindet durch die Tür, die halb vom Bücherregal verdeckt wird, ins Wohnzimmer. Jora vertreibt sie alle. Das macht mir Angst.

»Wundverband«, sagt Jora, »ihr müsst. Doch irgendwo Wundverband haben.«

Sie reißt Schubladen auf. Es ist laut, viel zu laut, hier stürzt gleich etwas ein. Ich kenne das gar nicht mehr, Lärm. Er ist mir fremd.

Neben mir tropft Blut auf die Dielen, es hat Augusts grauen Pullover schon ganz durchnässt, von innen nach außen.

Was tue ich hier. Ich habe Angst. Aber nicht vorm Verbluten.

»Kann doch nicht sein. Dass ihr hier keinen Verband habt!«

Jora redet, als wäre sie diejenige mit der Wunde am Arm.

Ich stehe nur da. Herzschlag, Pochen, alles dumpf, alles müde, alles kalt, Angst, Angst, Angst. Jora flucht. Hört sich komisch an, wenn sie flucht, als würde sie das nicht häufig machen und hätte jetzt einen fauligen Geschmack auf ihrer Zunge, der ihr gar nicht gefällt.

Jora findet eine Mullbinde. Verbindet mir den Arm, während ich nur dastehe und sie anstarre, das Haar klebt ihr nass an den Wangen.

»Lässt sich alles flicken«, sagt sie, mehr zu sich selbst, es klingt gedankenlos, ich vermute einfach, dass sie nicht so viel denkt, nicht so viel wie ich, oder zumindest nicht auf die gleiche Art. »Ein Haus ohne Pflaster und Verband. Gibt's nicht.«

»Ein Auto ohne Pflaster scheinbar schon«, sage ich leise.

Sie schaut mich an. Sagt nichts.

»Lief ja wieder ganz gut, dein Motor«, sage ich, nicht mehr so leise.

Sie schaut mich nicht mehr an. Sagt weiter nichts.

8

Ich habe immer gedacht, still zu sein wäre etwas Gutes. Wenn nichts gesagt wird, gibt es auch nichts zu sagen. Wenn es nichts zu sagen gibt, ist alles gut.

Gesprochen wurde hier nicht viel. Hier wurde nur erzählt. Geschichten teilten unsere Eltern mit uns, und Vorwürfe tauschten sie untereinander, aber das alltägliche Miteinandersprechen fehlte. Mutter und Vater sprachen kaum miteinander, kaum mit uns. Auch unter uns Kindern waren wir sparsam mit dem, was wir sagten.

Damals hatte ich ohnehin verlernt zu sprechen. Zusammen mit meinem Namen waren die Worte im Wilmersee verloren gegangen, da war ich mir sicher. Und Sprechen tat weh. Kratzte im Hals. Kostete Kraft, die ich nicht hatte. Für etwas anderes brauchte. Nicht aufwenden wollte für etwas so Alltägliches wie Sprechen. Es gab andere Dinge zu tun.

Ich saß unter dem Küchentisch und schaute mir die Welt an. Die Welt war unser Haus. In meinen Träumen war ich gefangen unter den Dielen, wo ich durch die Spalten aufblickte zu meinen Geschwistern. Das machte mir keine Angst. Angst machte mir das Wasser, der Gedanke an Wasser schnürte mir die Kehle zu, aber alles andere machte mir keine Angst. Bewegungslos und stumm zu sein in diesen Träumen beruhigte mich. Und ich hatte mich an die Perspektive gewöhnt, an das Von-unten-nach-oben-Schauen. Das war ich, damals. Kauernd, hochschauend, abwartend. Irgendetwas geschah irgendwann immer. Ich musste nichts dafür tun.

Zum Beispiel ein Mittwoch: Die Tür geht auf. August. Er macht komische, jaulende Geräusche und zählt die Flecken auf seinen Armen und Beinen. Eine große, dunkle Blüte sprießt ihm an der Schulter. Er hat zerkratzte Knie und Dreck unter den Fingernägeln.

Ich überlege, ob ich hervorkommen und etwas sagen soll. Aber ich habe ja nicht viele Worte. Ich will die Worte, die ich noch habe, nicht einfach wegschenken.

Ingrid ist sowieso schneller.

Sie kommt durch die Terrassentür in die Küche, zieht August auf die Füße, sie flüstern, nur zueinander, immer nur zueinander, auch mit Mutter flüstern sie nicht so, und dann verschwinden sie, und ich traue mich trotzdem nicht unter dem Tisch hervor. Oben hat sich die Lage ja noch nicht beruhigt, da tobt immer noch der Sturm.

9

Mit Jora kann man gut still sein. Das ist das Erste, das ich an ihr mögen kann.

Sie sitzt auf Mutters gepolstertem Stuhl, der mit den roten Armlehnen, und schaut die Küchenuhr an, die sinnlos davontickt, als hätte sie auch etwas zu sagen. Ich höre nicht hin.

Aber dann kommen unausweichlich die Fragen.

»Du wohnst hier doch nicht allein, oder?«

»Natürlich nicht«, sage ich, »wer wohnt denn allein in so einem Haus.«

»Keine Ahnung«, sagt Jora, »gibt ja keine Regeln dafür. Wie Leute leben sollen.«

Da hat sie recht. Ich lasse das so stehen.

»Wohnst du hier mit deinen Eltern?«

Ich schüttle den Kopf.

Sie ist kurz still.

»Was ist mit deinen Eltern?«

»Sie sind nicht mehr da«, sage ich, was ein so dermaßen

simpler Fakt ist, dass er mir inzwischen viel leichter über die Lippen geht als früher.

Jora fragt: »Mit wem dann? Deinem Freund?«

Ich schüttle den Kopf. Freunde stehen mir nicht. Das sähe man mir auch an, hat man mir gesagt.

Jora lässt das so nicht stehen: »Tante? Onkel? Geschwister? Mitbewohner?«

Ich atme aus: »Nein, nein, ja, nein.«

»Bruder? Schwester?« Sie ist neugierig.

»Beides.« Ich weiß nicht, wie ich das finden soll.

Ich stelle die Kaffeekanne auf den Tisch. Mein Arm pocht dumpf, es schmerzt nicht mehr stark, dieses Pulsieren gefällt mir sogar irgendwie. Fühlt sich nach etwas an. Das ist nie schlecht. Guter Schmerz bricht kein Herz.

Jora fragt, ob es noch wehtut. Den Kaffee beäugt sie misstrauisch. Als hätte ich etwas reingemischt.

»Nein. Es tut nicht weh.«

»Machst du so was öfter? Im Wald auf Bäume klettern?«

»Wo sollte ich denn sonst auf Bäume klettern?«

Jora weiß darauf nichts zu sagen, nur etwas zu fragen, das wird anscheinend zur Regel: »Wie alt bist du denn?«

»Alt«, sage ich.

Ich kann Jora keinen Vorwurf machen, ich habe auch viel gefragt, als ich klein war, wirklich klein. Fragen erschien mir natürlich, folgerichtig. Ich verstand nichts, ich musste verstehen. Ich sehe mich an der Hand meiner Mutter hängen, damals, als ich meinen Namen noch hatte, und Fragen stellen, die sie nur halbherzig beantwortete oder gar nicht, ich schätze, sie konnte nicht, wollte nicht, so genau war mir das nicht klar, ist es mir auch heute nicht.

Später begriff ich dann, dass das Fragen an sich hier keinen Platz hatte.

Später saß Ingrid manchmal bei mir, abends, und wir redeten. Das heißt, sie redete, und ich hörte zu. Ingrid sprach mit mir, als wäre ich anwesend, als nähme sie mich tatsächlich wahr, wo mich ja sonst niemand mehr sah. Das reichte mir. Ich ließ sie reden. Ingrid redete über Mutter und Vater. Ingrid redete über das Dorf, über die Leute, die vor unserer Haustür existierten, die waren mir fremd. Ihr nicht. Ingrid redete über Alice. Es war einfacher, sie gemeinsam zu vermissen. Alice war besonders gewesen. Ingrid erzählte mir, sie hätte die Dinge ins Leben zurückholen können, und ich hörte ihr bloß zu und hätte es unhöflich gefunden, auch nur irgendetwas zu hinterfragen.

Jetzt schaue ich Jora an und denke, dass man nur fragt, wenn man das Gefühl hat, dass im Kopf etwas fehlt, und dass offenbar in Joras Kopf etwas fehlen muss. Fast frage ich sie geradeheraus, was das ist. Aber ich kann mich noch zurückhalten.

10

»Bist du das?« Jora steht vor dem einzigen Foto, das in der Küche hängt. Sie deutet: »Da.«

»Das ist Alice«, sage ich.

Auf dem Foto hält Alice ein Bootpaddel in den Händen und sieht daneben winzig klein aus.

»Deine Schwester? Ihr seht euch ähnlich.«

Das sagt man mir wieder und wieder, und ich glaube es immer nur halb. Alice hatte etwas an sich. Das habe ich nicht. Etwas in ihren Augen. In ihrer Haltung. Etwas, das auch Entwicklerchemikalien und vergilbendes Fotopapier ihr nicht wegnehmen können.

Jora fragt: »Zwillinge?« Eigentlich ist es keine Frage. Hört sich nicht wie eine Frage an, ihre Stimme bleibt geerdet, hebt am Ende des Satzes nicht ab. Ich schaue sie nur an, das reicht zur Bestätigung.

Jora setzt sich zurück an den Tisch. Ich schenke ihr nach, ungefragt.

Sie bedankt sich.

»Ich glaube. Ich hab noch nie so viel Zeit mit jemandem verbracht. Der nicht mal meinen Namen weiß«, sagt Jora. Stückelt den Satz aus seinen Einzelteilen zusammen.

Ich wappne mich. »Komisch. Ja.«

Sie nennt ihren Namen. Er lautet Jora Blumberg. Sie ist neunzehn und kommt aus Stuttgart. Sie musste mal raus da, sagt sie, egal wohin, weg. In dieser komischen Phase zwischen Schule und Uni, die ich nicht kenne, weg von Lärm und Lichtern und Eltern. Die übrigens beide keine roten Haare haben nein, sie ist die Einzige, weil ihre Eltern trotzdem die nötigen Gene besitzen, um Phäomelanin zu vererben, helles Melanin. Jora hat das nachgeschlagen, erzählt sie. Weil sie die nämlich als Kind nicht wollte, die roten Haare. Weil sie dachte, man könnte sie davon heilen. Weil sie jemand anders sein wollte. Weil die anderen Kinder sie Pippi Langstrumpf genannt haben oder Hexe. Und weil die Jungs die Sommersprossen hässlich fanden. Weil die wie Pickel aussehen würden. Was sie nicht tun.

Das sage ich ihr.

Sie lächelt müde.

»Und du?«, fragt sie.

»Ich war schon immer hier«, sage ich.

II

Jora ist weg, als August nach Hause kommt. Sie hat mir zum Abschied die Hand gegeben. Was merkwürdig war. Ich habe sehr lange niemandem mehr die Hand geschüttelt.

Ihre Hand hat sich sehr kalt angefühlt.

Ich höre Augusts Schritte auf der Diele, wie er die Schuhe einmal über den Abtreter zieht, wie er ins Wohnzimmer wandert, zum Hängeschrank. Kalte Flasche dumpf auf braunem Holz. Glasränder längst eins mit der Maserung, offene Kreise, finden an ihren Enden nicht mehr zusammen.

August und ich, wir sprechen nicht viel. Haben wir noch nie. Erst recht nicht, seit er nicht mehr Klavier spielt.

Ich rede eher mit Ingrid.

Als wir uns begegnen, oben im Flur, steht er vor dem Spiegel und versucht, einen Fleck aus diesem gelben Hemd zu reiben, das er im Supermarkt immer anziehen muss. Er flucht. Vater würde das nicht gefallen, wie viel August heute flucht.

Vielleicht flucht August genau deswegen so viel.

Zu mir sagt er nicht großartig was. Das Übliche halt. Dass ich was machen solle. Nicht so ein Höhlendasein in meinem Zimmer führen. Dass er das nicht witzig findet, das mit Ingrid. Dass er es ganz am Anfang mal traurig gefunden hätte, dann fast sogar ein bisschen niedlich, jetzt nur noch unheimlich. Dass ich da was machen muss.

Ich nicke und nicke und nicke und nicke seine Worte davon.

August hängt fest, in der Zeit. So, wie Zeit für mich fremd ist und wie ich sie wegstoße und mich hin und her bewege zwischen diesen komplett eigenständigen Ereignissen, so sehr klebt er zappelnd in der Zeit fest wie in einer Fliegenfalle. Kein Vor, kein Zurück.

»Du spinnst«, sagt er, als ich ihm das erkläre. »Du spinnst doch.«

In diesem Licht sieht er ganz wie Vater aus.

12

Es muss mal eine Zeit gegeben haben, sagte man mir, eine Zeit ohne Zeit. Als nicht mal die Motten zählten. So erzählte man mir das. So wollte man mir das weismachen.

Diese Zeit war nicht meine Zeit, und lange tat mir das weh. Über dem Fluss meiner Zeit kann ich sie nicht erkennen. Alice war zu klein gewesen. Ich war zu klein gewesen. Unsere Erinnerungen hatten noch nicht eingesetzt, nicht richtig, aber für Alice spielte das keine Rolle mehr, daran war der Wilmersee schuld, ich gab dem Wilmersee die Schuld an vielem. Und ich fühlte mich von meinem Gedächtnis betrogen. Alles gehörte Mutter, Vater, Ingrid und August, und ich musste es ihnen lassen.

Für meine Familie war Zeit etwas Lästiges, etwas, das die Dinge mit sich davontrug. Ein ständiges Gefühl des Vergehens. Aber Ingrid sagte mir, das wäre nicht immer so gewesen, nicht in der Zeit, als es keine Zeit gab, als es keine hatte geben müssen. Diese Zeit steckt in unserem Fußboden, in den Schrammen, in den Flecken auf dem Teppich, in den Kritzeleien an den Wänden im ersten Stock, wo Alice und ich uns ein Zimmer geteilt hatten, früher. Die Zeit steckt in den trockenen Kastanien auf den Fensterbrettern, in der Kinderkrippe, in der schon Vater gelegen hat und dann August und dann Ingrid und dann Alice und ich. In der Schaukel im Garten. Im Gemüsebeet, in dem jetzt nichts mehr wächst. In Vaters müden Augen und Mutters weichen Händen und Ingrids heiserer Stimme und den Narben auf Augusts Knien.

Nicht in mir.

Die Zeit, als es keine Zeit gab, muss eine gute Zeit gewesen sein. Ingrid hielt mich im Arm und erzählte vom gemeinsamen Kochen und Vaters Apfelstrudel und Druckerschwärze dort, wo später nur noch Schwielen waren, erzählte vom vielen Erzählen, vom Erzähltkriegen und Erzähltwerden, von Spaziergängen über Stoppelfelder, von Ruderbooten auf dem Wilmersee.

Vom Schwimmen. Ans Schwimmen erinnere ich mich.

Alice, auf ewig eingesperrt in hölzernen Bilderrahmen in verblassenden Farben, knöcheltief im Wasser. Als wäre es ihr natürlicher Lebensraum. Alice beim Kopfsprung vom alten Steg, der jetzt nicht mehr steht. Alice beim Schwimmen, mehr Fisch als Mädchen, wie mir scheint. Auf tausend Fotos sieht man sie so. Mich deutlich weniger. Ich muss mich auf ihnen erst suchen. Ich bilde mir dann ein, mich im Hintergrund zu sehen, eine Spiegelung auf der aufgewühlten Wasseroberfläche, ein Schatten unter den Bäumen, eine kleine Hand ohne Ursprung, die sich um Vaters schlingt. Es gibt deutlich mehr Fotos von Alice. Und später wurde kaum noch fotografiert.

Oft glaube ich, dort gehöre ich sowieso nicht hin, nicht auf die Fotos und nicht in die Erinnerungen. Habe es vielleicht nie getan. Und an die Welt aus diesen Erzählungen erinnere ich mich nicht so, wie ich es sollte. Auch ich war im Wilmersee geschwommen, auch ich hatte mich durchs Wasser bewegt, als fände ich darin eine natürlichere Art des Lebens, des bloßen Existierens, das hatte ich mit Alice geteilt. Im Wasser war ich leichter gewesen und die Welt gleich mit. Im Wasser gab es nichts, das mich abwärtsziehen konnte. Die Schwerkraft war ausgehebelt. Aber dann kam der Einbruch ins Eis, und das Schwimmen wurde undenkbar. Ist es geblieben. Die Erinnerungen an Kopfsprünge vom alten Steg fühlen sich an wie die einer Fremden.

Die Erinnerungen, die sich anfühlen wie meine, meine allein, sind andere.

Eine davon: Vaters Hände klammern sich um meine Hüfte, so sehr, dass es wehtut, dass es später Veilchen hinterlässt auf nasser, blasser Haut. Seine Armbanduhr drückt in meinen Bauch, als er mich festhält, am Zappeln hindert, ich zapple und zucke wie ein Fisch auf dem Trockenen – und ich versuche, ihm nicht böse zu sein, er hat ja nur Angst, dass ich jetzt die Motten kriege, er macht sich ja nur Sorgen, sage ich mir. Meine Füße sind feucht.

Meine Wangen dann irgendwann auch.

Vaters Worte, er hat wenige, immer nur sehr wenige für mich: Schwimmen verlernt man nicht.

Und er lässt los.

Schwimmen verlernt man nicht, vielleicht, ich will gar nicht behaupten, dass es nicht stimmt, dass man nicht immer schwimmen kann, wenn man einmal schwimmen kann, dass sich die Arme und Beine nicht erinnern, obwohl der Kopf sich weigert. Schwimmen verlernt man nicht.

Aber das mit dem Sinken. Das sitzt noch viel tiefer.

13

In der Nacht liege ich wach und spüre die Sprungfedern der Matratze im Rücken. Über mir entwachsen die Holzbalken einer unnennbaren Dunkelheit, lassen sich ein wenig vom Mondlicht berühren und finden wieder in sie zurück. Fangen nirgendwo an und hören nirgendwo auf.

Ich weiß noch nichts über Jora. Ich stelle mir vor, dass Jora in der Stadt wohnt, in einer breiten, endlos langen Straße, dass das Haus drei Stockwerke hoch ist und alt und Kastenfenster hat, mit durchsichtigen, leichten Gardinen. Ich stelle mir vor, dass es in der ganzen Gegend furchtbar laut ist, da laufen die Bahnschienen, und da ist die Straßenbahn, und hier stehen die Autos an der Kreuzung und Leute, überall Leute. In meiner Vorstellung ist Jora ganz allein in diesem Haus und sieht winzig aus, wie sie da am Fenster sitzt und auf die Straße schaut, aber der Lärm kommt nicht bei ihr an, und ich höre ihn auch nicht, wenn ich an sie denke. Um sie herum erstarrt alles in Stille, man hört nur das Rauschen der Blätter, wenn der Wind die Bäume durchpflügt. Als könnte Jora alles Laute und Böse auf der Welt einfach hinunterschlucken und verschwinden lassen. Dabei glaube ich nicht, dass irgendjemand das kann. Aber ich kann es mir ja erzählen. Vielleicht glaube ich es dann irgendwann.

Ich erzähle mir oft solche Dinge, wenn ich etwas nicht verstehe, oder jemanden. Vielleicht, weil mir sonst niemand hier mehr irgendetwas erzählt. Natürlich kann ich nicht erzählen wie Vater, niemand kann das, und ich bin nicht mutig genug, es wie Mutter einfach laut zu versuchen, als wäre das Recht zum Erzählen nicht angeboren, als wäre das Erzählen an sich nicht etwas, das immer irgendwie schuldig macht. Ich erzähle mir Sachen. Die Motten haben sich in den Stoff meiner Welt gefressen, und nur ich allein kann sie flicken.

Ich erzähle mir Sachen, weil ich das muss.

14

Als ich ein Kind war, erzählte meine Mutter mir vom Wilmersee. Es war ihre Geschichte, ihre allein – alle anderen gehörten Vater. Aber das mit dem See, das erzählte nur sie.

Als unser See noch kein See war, erzählte sie, war der See eine Pfütze. Als der See aufhörte, eine Pfütze zu sein, wurde er ein Teich. Und der Teich wurde ein Weiher. Und der Weiher hätte ein Meer werden können. Die hätte er gehabt, diese Macht, ganz früher mal. Die Pfütze, der Teich, der Weiher, der See, der Ozean. Und weil Gott oder wer auch immer das genauso sah, schmiss er kleine Wale in den Weiher. Groß wie Goldfische.

Du weißt ja, wie das ist mit den Goldfischen, sagte meine Mutter. Die werden nur so groß, wie das Glas es zulässt.

Und die Wale hätten auch riesig werden können wie der Ozean, wenn der Weiher ein Ozean geworden wäre. Aber der Weiher wurde kein Ozean. Der Weiher blieb ein kleiner See, der sich nierenförmig um unser Dorf legte. Und weil das Dorf Wilmer hieß, nannten sie ihn den Wilmersee.

Und jetzt sind die Wale eben nur so groß wie Karpfen, sagte meine Mutter, aber man kann sie trotzdem singen hören, manchmal, wenn es draußen stürmt und man das Fenster oben im Flur öffnet, das Fenster mit der dünnen, klappernden Scheibe und dem blau gemalten Rahmen, erinnerst du dich, sagte meine Mutter, du hast den Rahmen blau gemalt mit deinem Vater, da konntest du gerade gehen.

15

Der Briefkastendeckel klappert im Septemberwind. Unter dem Briefkastendeckel ist der Briefkasten. Im Briefkasten sind manchmal Briefe. Heute zum Beispiel.

Ich nehme sie heraus – drei Briefe, einer davon von der Kreisverwaltung. Den öffne ich nicht, das macht August. Dann zwei in identischen Umschlägen, einer für ihn, einer für mich. Keiner für Ingrid. Mutter vergisst Ingrid immer, aus irgendeinem Grund, aber Ingrid sagt, dass sie das nicht stört, dass sie das ohnehin nicht braucht, dass es zu spät ist, jetzt. Womit sie auch recht hat.

Augusts Name steht in tiefblauer Tinte auf dem Umschlag. *August Ispendahl.* Immer zieht sie das I zu hoch, fast bis zum Rand des Umschlags. Kein holzlastiges, braunes Papier, das wählt sie nie, immer ist das Papier weiß und weich und dick und riecht nach Stadt. Oder so, wie ich eben glaube, dass Städte riechen. Nach Autos und Rauch und Kaffee und Regen und nassem Jeansstoff.

Wenn ich an die Stadt denke, denke ich an Nacht und Straßenlaternen und Leute, die rückwärtslaufen und einander nicht in die Augen schauen.

Ich lege August seine Briefe in den Flur, schiebe sie unter die Obstschale, wie Vater es früher mit den Rechnungen gemacht hat, die doch nur Mutter begleichen konnte.

Meinen mache ich auf, während ich zu Wileski laufe. Der Wind erweckt ihn in meiner Hand zum Leben, lässt ihn flattern wie einen jungen Vogel, den ich zu Unrecht festhalte, den ich lieber loslassen sollte. Ich lese den Brief nicht. Ich schaue nur die Buchstaben an. Fahre mit dem Finger über die Vokale, bei denen sie immer zu fest aufdrückt mit der Füllerspitze, als hätte sie Angst, sie sonst zu vergessen. Hier und dort hat sie die Tinte mit der Hand verwischt.

Früher waren es Anrufe, täglich, dann wöchentlich, dann monatlich, dann gar nicht mehr. Dann lange E-Mails.

Jetzt sind es Überweisungsschecks und kurze Briefe, dann und wann.

Ich überlasse es dem Wind, wohin er meinen tragen möchte.

Bei Wileski bimmelt die Ladenglocke, als ich die Tür aufstoße. Der Gemischtwarenladen riecht nach Tabak und Zedernholz. Ich finde das in Ordnung, weil es zu Hause auch so gerochen hat, früher. Als Vater noch in der Küche geraucht und Mutter noch Zedernholzkugeln in die Schränke gelegt hat, gegen die Motten.

Hinter der Theke steht Wileski, immer noch aufrecht mit seinen dreihundert Jahren, und liest Motorradzeitschriften.

Ich schleiche zwischen den Regalen herum. Drücke an mich,

was August mir auf die Liste geschrieben hat. Natürlich wäre es ihm lieber, dass ich mit dem Fahrrad zum Supermarkt fahre, an der Landstraße, wo die Neonröhren flackern. Wo auch die Leute aus den Nachbardörfern einkaufen mit großen Käfigen auf Rollen, in denen sie Plastikmilch und bunte Müslikartons und ihre Kinder einpferchen. Und wo wir Mitarbeiterrabatt bekommen, weil August nachts und früh am Morgen die Regale ein- und ausräumt und Lastwagen entlädt. Aber ich mag den Supermarkt nicht. Ich mag es nicht, wie der Supermarkt Lebensmittel verkauft und doch gar nicht nach Lebensmitteln riecht.

Bei Wileski haben die Tomaten Narben in der dünnen Haut und die Eier Sprünge und Federn und die Milch eine dicke Fettschicht oben an der Flasche. Und ich kann hier und da etwas unbemerkt in meiner Wachsjacke verschwinden lassen.

Die meisten Leute im Dorf tragen nichts in sich. Als hätten sie Mäntel mit großen, weiten Taschen an, die aber alle leer sind. Sie sind ohne Gepäck unterwegs. Oder tragen riesige, leere Rucksäcke. Und dann stehen sie da und starren mich an, wenn ich an der Kasse stehe. Und ich denke immer das Gleiche, dass ich sie nicht unterscheiden kann, auch nie konnte, aber jetzt sehen sie alle sehr gleich aus, und leer eben. Sie haben Namen, die ich sogar weiß, hier und da. Aus ihren Mündern kommt nichts, und sie sind trotzdem immer zu laut, keine Ahnung, wie sie das machen.

Aber sie schauen mich wahrscheinlich auch nur an und sehen rein gar nichts.

An der Kasse höre ich Marius lachen, bevor ich ihn sehe. Marius lacht wie ein Krebs. Das habe ich auch Ingrid gesagt, und die hat gegrinst und mich gefragt, wie das denn sein könne, wie Krebse denn lachen würden, und ich meinte, na, wie Marius.

Sie hat mir auf die Nase getippt und mich *merkwürdig* genannt.

Marius bemerkt mich. Er ist mit zwei anderen Typen da, ich erkenne sie aus Ingrids Jahrgang in der Schule. »Oh«, sagt er, »du.«

Ich nicke ihm zu. Erkenne seine Präsenz an und so weiter. Weil Leute das brauchen. Weil ich das auch manchmal brauche. Marius ist jemand, der keine leeren Manteltaschen hat. Marius hat da etwas von Gewicht, er trägt etwas in sich, bei sich, auch wenn er es versteckt. Ingrid hat das immer gesehen. Und ich habe Ingrid geglaubt, dass es da ist.

Marius presst die Lippen aufeinander, saugt sie nach innen. Er mag mich nicht. Mochte mich nie. Durch die dünnen, alten Wände habe ich ihn gehört, ihn und Ingrid, tausendmal, als ich lernen musste, jemand zu sein. Ohne meinen Namen. Worte im Kopf hatte, die kamen und gingen wie Ebbe und Flut, manchmal war da etwas, an dem ich mich festhalten konnte, dann war es verschwunden.

Aber jetzt, jetzt weigere ich mich, noch etwas zu vergessen. Auch Marius' Worte nicht. Gedämpft und heiser durch Gips und Holz und Stahlwolle. Dass Ingrids Eltern ja in Ordnung wären. Ingrids Vater etwas unheimlich wäre. Ingrids Mutter aber recht freundlich. Man mit Ingrids Geschwistern aber rein gar nichts anfangen könnte.

Der Bruder, der immer nur vor sich hin summte und wütend ins Leere starrte.

Die kleine Schwester, die sich benahm wie ein wildes Tier, immer nur unter dem Tisch kauerte und anscheinend nicht wusste, dass sie keins war.

Ich stehe vor Wileskis Theke und frage mich, ob Marius wohl auf den neuesten Stand gebracht werden will, ob er gern wüsste, dass ich nicht mehr unter Tischen kauere, dass August längst vergessen hat, wie man summt, dass unsere Eltern längst nicht mehr in Ordnung sind und das einzig Unheimliche an meinem Vater seine Abwesenheit ist. Dass Ingrid Marius inzwischen nicht mehr erwähnt, nicht mehr von ihm spricht, auch nicht darüber, dass er jetzt anderen Mädchen in der Kneipe die Hand auf den Oberschenkel legt.

Marius sagt irgendwas zu seinen Freunden, das ich nicht höre, das aber ziemlich witzig sein muss. Seine Freunde lachen, eine Bierdose wird geöffnet, eine Zigarette wird gerollt, das hier ist nicht meine Welt.

Ich lege die Münzen in Wileskis kupferne Kleingeldschale. Ein einzelnes Centstück kullert davon, landet mit leisem Klirren vor Marius' Füßen.

Er hebt es nicht auf. Er fragt: »Was hast du mit deinem Arm angestellt?«

Ich antworte nicht.

Jemand sagt: »War sie vermutlich selbst. Das machen Psychos doch so.«

Jemand anderes glaubt, das witzig finden zu müssen. Marius lacht nicht.

Ich stopfe die Einkäufe in Mutters grünes Gemüsenetz.

Marius fragt mich dann tatsächlich, wie es August gehe, ob

ich was von meiner Mutter gehört hätte, ob's ihr denn noch gefalle in der großen Stadt, aber ich kann nicht sagen, ob er die Fragen ernst meint oder ob er sich lustig macht. Auf seinen Lippen tänzelt so ein undeutbares Schmunzeln auf und ab, zumindest undeutbar für mich, wo ich doch mit diesem Etwas-so-meinen-aber-irgendwie-auch-nicht noch nie etwas anfangen konnte.

Also antworte ich nicht.

Schließe die Augen für einen Moment und rufe mir Marius ins Gedächtnis, alle kleinen Mariusse in meinem Kopf, Marius mit Ingrid auf den Schaukeln im Garten, Marius schnitzt für Ingrid etwas in den Stamm des ältesten Apfelbaums, Vater wird fuchsteufelswild, Marius steht im Regen vor unserem Haus, Marius auf seinem Mofa, lachend, noch mit viel längeren Haaren, Marius in unserer Küche, Marius, an dem Tag, an dem die Motten Ingrid holten.

Ich will mich manchmal nicht erinnern. Aber das Vergessen, das habe ich mir abgewöhnt, und es wird dauern, es wieder zu erlernen.

Ich schaue ihn an, ziemlich grimmig. Weil er nicht das Recht hat, jetzt ein anderer zu sein als damals.

Dann ist Marius' Hand an meinem Arm, packt ihn über dem Verband. Was ich ihn denn so anstarren würde, hm? Was das denn solle? Er drückt zu, und es tut weh, und ich beiße mir auf die Zunge und schmecke Blut. Vielleicht ist er noch restwütend von damals. Ich weiß es nicht. Restwut ist was Gefährliches, das zumindest weiß ich.

Marius' Freunde lachen. Er selbst realisiert vielleicht gar

nicht, dass er mir wehtut. Da ist was in seinem Blick, als wollte er was sagen und wüsste doch nicht, wie, und genauso ist es auch, ich weiß ja, dass es so ist. Aber ich bin nicht diejenige, mit der er sprechen will oder sollte. Auch das weiß ich.

»Ingrid will dich nicht sehen«, sage ich, weil ich nicht weiß, was ich sonst sagen soll.

Noch bevor ich mich überhaupt bemühen kann, mich loszureißen, hat sich schon jemand zwischen uns gedrängt, meinen wunden Arm freigekämpft.

»Ey, geht's noch.«

Wir stehen da wie die Jahreszeiten. Marius mit seiner tiefen Bräune und den dicken Strohhaaren, ich mit der blassen Haut und der blauen Wachsjacke, zwischen uns der Herbst, zwischen uns Jora.

Irgendwie gehören sie alle hierher, denke ich.

16

Ich wollte mir selbst nicht beim Wachsen zuschauen, als ich ein Kind war. Eigentlich schauen Kinder sich aufmerksam beim Wachsen zu, weil Kinder schnell keine Kinder mehr sein wollen. Ich glaube, ich wollte überhaupt nichts sein. Ich hatte Angst, in den Spiegel zu schauen und nicht mehr zu sehen als das Ebenbild von Alice. Also mied ich jeden Spiegel im Haus. Schaute nicht hoch, wenn ich auf den Hocker kletterte, um das Waschbecken im Bad zu erreichen, oder nur auf meine Füße, wenn ich am Schlafzimmer vorbeischlurfte, wo ich immer Gefahr lief, in der gespiegelten Schrankwand eine Fremde zu sehen, dieses Gespenst, dieses Monster, das endgültig unter Alice' Bett hervorgeklettert war und Besitz von mir ergriffen hatte. Oder vielleicht war ich schon vorher das Monster gewesen. Vielleicht hatte ich ja nie dazugehört. Ich konnte nicht anders, als zu glauben, dass Alice, wäre sie noch hier gewesen, mich nicht besonders gemocht hätte.

Ich ging mir selbst aus dem Weg. Ich schlief schlecht. Ich war mir ziemlich sicher, dass irgendetwas mit mir nicht stimmte. Ein Kind ohne Namen, ein Kind, das nicht hieß, ein Kind, das nicht gerufen werden konnte, so ein Kind konnte unmöglich echt sein, und so ein Kind gehörte nirgendwohin. Ich konnte mich in meiner Familie nicht verorten. In meiner Familie war alles still, aber die Stille nahm sehr unterschiedliche Formen an, merkte ich mit der Zeit. Da war Stille dort, wo Alice fehlte, und diese Stille war leer und gespenstisch. Die Stille meiner Geschwister war aufgeladen mit etwas, das gar keine Stille war, nämlich diesem Geflüster, an dem ich keinen Anteil haben konnte. Ich merkte, dass die Stille meines Vaters rau und wütend war und die meiner Mutter aufgebend, ergebend, als würde ihr etwas fehlen, das man zum Sprechen brauchte, als würde sie es deswegen die meiste Zeit gar nicht versuchen. Ich wusste nicht, was das war. Aber ich dachte, zumindest das würde uns verbinden. Weil mir ja auch etwas fehlte.

Ich hatte keine Ahnung, ob ein Name da überhaupt einen Unterschied machte. Ob mir nicht mehr fehlte als das. Sicher musste mir so viel mehr fehlen als nur mein Name.

Meine Mutter sagte nicht viel, aber sie sagte, dass ich da rauswachsen würde. Aus allem würde man rauswachsen, irgendwann, das sagte sie, davon schien sie absolut überzeugt, sie musste auch mal irgendetwas entwachsen sein, aber sie sagte mir nicht, was das war. Ich konnte es mir auch nicht vorstellen. Stattdessen stellte ich mir vor, wie ich nicht älter wurde, nur größer, zu groß für mein Zimmer, zu groß für das Haus, zu groß für den Ort. Die Vorstellung war unheimlich. Aber ich hing ihr nach. Weil sie mir das Gefühl gab, dass es noch irgendetwas geben musste, das vor mir lag. Dass ich mich schon in irgendeine Richtung entwickeln würde, und ich konnte absolut nicht sagen, ob mir das gefiel oder nicht.

In der Nacht rollte ich mich unter meinem Bett zusammen, und die Dunkelheit verformte sich vor meinen Augen zu etwas Fremdem, das ich nicht greifen konnte. Ich fürchtete mich nicht. In der Dunkelheit wird man nicht gesehen, das gefiel mir. In der Dunkelheit muss man niemand sein.

17

»Das hättest du nicht tun müssen«, sage ich, weil Jora das meiner Meinung nach nicht hätte tun müssen.

»Hab ich aber«, sagt Jora, weil Jora es trotzdem gemacht hat.

Lange gehen wir schweigend nebeneinanderher. Reden strengt uns beide an, glaube ich. Das weiß ich, bevor ich es so richtig wissen kann. Mich strengt es an, weil es das schon immer getan hat, dieses Verbale, dieses Worte-finden-müssen-in-einem-ziemlich-leeren-schweren-Kopf. Jora, weil sie spricht, als wäre jedes Wort ein Kraftakt, ein kleiner Kieselstein, der hochgewürgt und durch den Mund transportiert und nach außen gepresst werden muss.

Ich laufe viel allein durch die engen Straßen hier. Stoße mir den Fuß an einem nicht richtig gesetzten Pflasterstein. Sitze manchmal auf den Bänken und schaue mir die Leute an, die vorbeilaufen, als gäbe es hier irgendwas, das man sich ernsthaft zum Ziel setzen könnte, als wären sie tatsächlich wohin unterwegs, ich stelle mir vor, wohin das sein könnte, und dann bin ich allein. Ich bin auch allein, wenn August mitkommt, was inzwischen kaum noch passiert. Dann gehen wir nebeneinanderher und sind zusammen einsamer, als wir es allein gewesen wären, weil wir die Abwesenheit der anderen dann stärker spüren, dieses komplette Fehlen von irgendetwas, das uns noch verbinden könnte.

Da sind ja nur noch die Geister, und Geister verbinden niemanden.

Mit Jora ist es anders.

Ich kann es jetzt noch nicht wissen, ich werde es noch eine Weile nicht wissen, aber ich kann es erahnen. Mit Jora ist es anders.

Irgendwie. Sie macht was mit mir. Weckt da etwas auf, das sich seit Jahren im Winterschlaf befindet.

Ich frage sie: »Sagst du mir, was du wirklich in Wilmer machst?«

Sie sagt: »Ja.«

Ich frage: »Jetzt?«

Sie lächelt ein bisschen. Sie sagt: »Bald.«

Sie fragt mich dann auch nicht, wer Marius ist, was das eben mit ihm sollte, als wir die Pfingststraße hochlaufen. Ich sage es ihr trotzdem. Weil ich will, dass sie es weiß.

Merkwürdig, merkwürdig.

»Und jetzt sind sie nicht mehr zusammen?«, fragt Jora, als ich fertig bin.

»Nein«, sage ich, »schon seit fast zwei Jahren nicht mehr.«

»Hat er sie verlassen?«

»Nein. Sie ihn.« Ich drehe den Schlüssel im Haustürschloss.

»Das ist ein schöner Schrank«, sagt Jora, als die Tür auf-
springt und den Blick in die Diele freigibt wie eine Pforte in
eine andere Welt, die alte Zeit, »der ist bestimmt alt.«

»Eigentlich nicht«, sage ich, und dann noch: »Vater hat ihn
gebaut.«

Jora hilft mir, den Verband an meinem Arm zu wechseln.

»Du. Das könnte 'ne Narbe geben.«

»Gut«, sage ich.

18

Meine Mutter hat eine Narbe über der Augenbraue, da setzt sie an und führt seitlich an der Stirn entlang, fast bis zum Haaransatz. Ich kann jetzt nicht mehr sagen, was meine Mutter gerade macht, wo genau sie ist, mit wem sie gerade spricht und wen sie meidet, für wen sie sich ihr Schweigen jetzt aufhebt. Aber diese Narbe hat sie immer noch, das ist das Gute an Sachen, die nicht mehr weggehen. Man kann sich auf sie verlassen.

Woher sie die Narbe hatte, das erzählte meine Mutter mir nicht, als ich ein Kind war. Sie erfand keine Geschichte, sie erspann nichts, sie sagte einfach, das wäre nicht wichtig, darüber müsse man nicht reden. Das musste ich so hinnehmen. Meine Mutter war früher, bevor sie uns verließ, jemand gewesen, der über vieles nicht reden musste. Es nicht musste oder es nicht konnte, es fiel mir schwer, die Grenzen abzustecken, ich tastete mich an den Worten meiner Mutter entlang und glaubte fast, irgendwann würde ich auf ein Schlupfloch stoßen, und dahinter würde sich eine Welt auftun. Mein Vater zerredete die Dinge nur. Meine Mutter hingegen war besser darin, in ihrem Sprechen und Schweigen etwas zu verstecken, als er es war. Auch wenn ich das als Kind noch nicht begriff.

Sie musste etwa in meinem Alter gewesen sein, als sie wegging von zu Hause, hierherkam, meinen Vater traf, das erzählte sie mir, und sonst erzählte sie mir nichts von früher. Als hätte es sie gar nicht gegeben, bevor sie nach Wilmer gekommen war. Als wäre unsere Sprache auch ihre einzige gewesen. Über all das schwieg sie sehr bestimmt. Als wäre Schweigsamkeit keine Eigenschaft, sondern eine Entscheidung. Ich zweifelte ihr Schweigen nicht an. Meine Mutter sprach immer mit harten Konsonanten und scharf rollenden Rs, aber ansonsten war nie etwas zu hören von einer Vergangenheit, die es ja geben musste, an der sie uns aber nicht teilhaben ließ. Und gab mir, absichtlich oder nicht, das Gefühl, dass das Sprechen etwas Erlernbares war, etwas, das man sich aneignen konnte, auch dann, wenn es einem niemand zugestand.

Ich glaubte zu verstehen, dass sie das tun musste, weil alles hier Vater gehörte. Ich glaubte zu wissen, dass meine Mutter sich viel hatte erkämpfen müssen, allen voran ihre Fähigkeit, den Dingen aus dem Weg zu gehen, nicht an ihnen teilzuhaben, zu ihrem Schutz, zum Schutz aller anderen. Ihr Verschwinden hinter dünnsten Laken und Gardinen, wenn sie im Garten die Wäsche aufhängte. Ich schaute aus dem Fenster raus in den Garten und sah sie nicht; ihre Ruhe, ihre Stille, die einzigartige Lautlosigkeit, mit der sie sich durchs Haus bewegen konnte, meine Mutter hörte man nicht kommen, und trotzdem er-

schrak man nicht, wenn sie plötzlich im Türrahmen auftauch-
te. Sie überließ uns den Raum, den wir brauchten. Sie überließ
Vater den Raum, den er forderte. Sie nahm ein, was übrig blieb.
Und leistete ihr Möglichstes. Damit in dem Raum, den sie ein-
nahm, etwas errichtet werden konnte, das woanders abgeris-
sen worden war.

Sie legte Päckchen mit Tiefkühlerbsen auf Augusts blaue
Flecke. Selbst wenn sie die Tiefkühlerbsen gehalten hatte,
waren ihre Hände anschließend warm. Meine Mutter hatte
niemals kalte Hände. Ich klammerte mich an ihnen fest, und
sie ließ mich. Sie verankerten mich immer dann, wenn andere
Hände und Worte an mir zerrten.

Und als Mutter dann zum ersten Mal fortmusste, Jahre später, da brauchten wir einige Wochen, um zu bemerken, dass
sie fehlte. Weil sie uns nur ihre Stille dagelassen hatte.

19

Mein Zimmer hat Dachschrägen und ein Gaubenfenster. Ich finde, das widerspricht sich.

Die dunkle Holzverkleidung lässt die Wände enger zusammenrücken, gerade an der Schräge, das Fenster schafft nur eine Illusion von Raum, wo gar keiner ist. Die Enge hier ist nicht auszugleichen.

Über dem Schreibtisch verschwindet die Wand fast hinter Fotos, die ich gemacht, und Bildern, die Alice einst gemalt hat.

Alice war jemand, der erschaffen hat.

Ich bin jemand, der nur einfängt, was schon da ist.

Ob sie mir denn sehr fehlen würde, fragt Jora. Ihre Tümpelaugen halten meine fest, kühl und klug und sehr viel tiefer, als ein Tümpel es sein sollte.

Fast glaube ich, es gibt gar nicht so viel zu erklären.

Ich sage die Wahrheit: »Nein. Ich erinnere mich kaum an sie.«

Jora blinzelt selten. Vielleicht, weil ihre Augen auch so schon immer ein bisschen feucht sind.

Und ich mache den Mund auf, und heraus kommen, unerklärlicherweise, die Worte, schwerelos, selbstverständlich, ich muss sie nicht erzwingen, da kommt ein »wir waren noch klein« und ein »da war dieser Winter« und ein »der Wilmersee« und ein »eingebrochen im Eis« und ein »ertrunken« und letztendlich ein »die Erinnerungen kamen erst nach und nach wieder«.

Jora sitzt im Schneidersitz in Mutters Sessel, der Mutters Sessel ist, weil sie dort gesessen und Löcher in Socken, Hosen, Jacken gestopft hat, unermüdlich, und manchmal in Erinnerungen. Damit ich mich nicht so allein fühlen musste.

Als ich fertig bin, sagt Jora nicht, dass es ihr leidtut. Zumindest nicht, dass es ihr für mich leidtut, und ich bin dankbar, weil ich das nicht hören will oder kann oder musste in letzter Zeit.

Jora sagt aber: »Das tut mir leid. Für deine Schwester.«

»Mir auch. Sie hatte ja nur diese acht Jahre.« Das sage ich. Mir hat man acht Jahre genommen, aber ein Leben geschenkt. Ein angebrochenes Leben, ein Restleben, aber ein Leben, immerhin, und das Leben ist lang, sehr lang. Das sage ich Jora aber nicht.

»Ich meine gar nicht Alice«, sagt Jora. »Ich meine die andere.«

Und da denke ich, vielleicht versteht sie ja wirklich. Vielleicht ist sie ja da, die seltene Chance, wirklich verstanden zu werden, ich will sie bekommen und festhalten, merke ich jetzt. Irgendwie macht mir das auch Angst, wirklich große Angst.

20

Irgendwann wagte ich es dann, mich anzuschauen. Erst nur in den Fenstern, als Silhouette, im Ofenfenster, wenn Mutter Apfelkuchen backte und wieder die Streusel zu dunkel werden ließ, dann im Spiegel. Ich versuchte, nicht Alice' Ebenbild zu sehen oder wer auch immer ich gewesen war, sondern das Produkt einer Geschichte, die niemand erfunden hatte, die wirklich passiert war.

In der Schule starrte man mich an. Nannte mich dreisterweise bei einem Namen, der mir gar nicht mehr gehörte, den ich verloren hatte und jetzt von mir wies. Kurz nachdem ich mich von dem Sturz durch das Eis erholt hatte, stellte ich erstaunt fest, dass ich noch wusste, wo man Kommas setzte und wie man zehn durch zwei teilte, und doch dauerte es noch ein paar Tage, bis ich wieder wusste, wann ich Geburtstag habe.

Die Erinnerungen kamen zurück wie Treibholz, wurden angespült an den Strand meines Bewusstseins, wo ich sie dann auflesen und ordnen konnte. Aber mein Name blieb verschollen. Und nicht nur er.

Ich glaube, mein Vater trauerte am heftigsten um Alice. Ich sehe seine Augen vor mir, wenn ich meine schließe, wasserblau mit verdächtigen roten Rändern, nach denen ich nicht fragen wollte, still und stoisch, wie er war. An den Nachmittagen saß er draußen in seinem Schuppen und rauchte oder verzog sich schweigsam auf den Dachboden, der, wie Ingrid mir erklärte, voller Monster war, die nur ihm nichts anhaben konnten. Geh da bloß nicht hoch, sagte sie. Halt dich bloß fern.

Das musste ich gar nicht.

Die meiste Zeit hielt mein Vater sich von sich aus fern.

Nur manchmal packte ihn der Erzählzwang, dann kam er hereingestürzt, holte mich aus dem Zimmer, das mir jetzt allein gehörte, und versuchte, mich zu erklären, sich zu erklären, uns zu erklären. Mein Vater brauchte seine Geschichten. Das verstand ich. Das, wovon er da erzählte, umso weniger. Väter, Mütter, Geschwister. Onkel, Tanten, ferne Cousins. Großväter und -mütter und Menschen, Generationen verblasster Ispendahls, die zu mir gehörten und sich doch nicht anfühlen wollten, als wären sie ein Teil von mir. Da gab es nichts zu entdecken, ich war blind für jeden roten Faden. Der Faden, der sich durch die Familie meines Vaters zog, war unsichtbar, und auf der Seite meiner Mutter gab es gar keinen, an dem ich mich hätte festhalten können. Aus dem, was ich über meine Familie wusste und nicht wusste, lernte ich nichts über mich selbst.

Ich wurde nur das Gefühl nicht los, dass Alice hätte leben sollen, nicht ich.

Nachts lag ich manchmal wach und hörte August und Ingrid draußen flüstern. Die Motten werden sie holen, sagte August wieder und wieder, und ich wusste nicht, ob er jetzt mich meinte oder Alice oder Mutter oder irgendwen anderen, das war das Problem – *die Motten werden sie holen, ich sag's dir, die Motten.*

21

August steht jetzt in der Tür, ungebeten. Er muss die Stimmen aus meinem Zimmer gehört haben.

»Wer ist das?«

»Das ist Jora«, sage ich, als wäre Jora schon immer da gewesen, als wäre Jora ein Teil der Einrichtung, mit dem Sessel und den Vorhängen mit den Mottenlöchern drin.

Vaters blasse Augen in Augusts blassem Gesicht schauen durch mich durch, dann durch Jora, dann durchs Fenster raus in die Ockerdämmerung. In diesem Licht sieht man, wie sehr ihm schon die Schläfen ergrauen, inzwischen, obwohl das noch nicht sein sollte, in seinem Alter. Und erst die Schattengewächse unter den Augen, wie aus Vaters Gesicht kopiert und in ein anderes eingefügt.

»Eine Freundin?«, fragt er.

Jora antwortet für mich: »Ja. Eine Freundin.«

In meiner Brust regt sich kurz was. Was Komisches.

Augusts lange, schmale Hände heben und senken sich über

der Klinke, er weiß die Situation nicht einzuschätzen, natürlich nicht, er denkt vielleicht, das wäre ein Witz, dass ich jetzt durchdrehe oder so. Ich beschließe, ihm das nicht zu verübeln. Kurz fällt sein Blick auf seine Plattenkisten, wenig achtsam durcheinandergestapelt vor meiner Anrichte.

Er wünscht uns nur einen guten Abend und ist auf und davon. Mehr sagt er nicht.

Und Jora fragt nichts.

Die tiefsten Wasser liegen ruhig heute Nacht.

22

Ich will mich manchmal nicht erinnern. Das meine ich ernst. Manchmal will ich meinen Schwur brechen und mir den Verstand noch mal zerfressen lassen, diesmal richtig, da will ich sie ausblenden, die dunklen Stunden, da will ich das Licht ausschalten in meinem Kopf.

Aber es geht nicht. Ich kann's nicht.

Es ist meine Pflicht, nichts mehr zu vergessen. Es reicht nicht, alles in trüben Einmachgläsern verstauben zu lassen, die Erinnerungen dürfen nicht konserviert werden, ich muss sie am Leben erhalten.

Also werde ich hinab zum Grund tauchen, wieder und wieder und wieder.

23

Ich war zehn, August war vierzehn, und jede Falte saß.

August starrte mich an. Sagte, dass er ja gar nicht gewusst hatte, dass ich das draufhatte. Ob ich ihm das mal zeigen könnte. Er nahm ein neues Blatt Papier aus seinem Rucksack und ahmte jede meiner stummen Handbewegungen nach.

Auf dem hölzernen Kanalsystem unten am Bach, das Vater für uns errichtet hatte, ließen wir die Papierschiffe los. Ich baute eins nach dem anderen, setzte es mit wenigen Handgriffen zusammen, erstaunt, mich stillschweigend fragend, ob ich das tatsächlich immer schon gekonnt hatte oder ob es die ein oder andere Fähigkeit gab, die mir der Wilmersee geschenkt hatte, als Ausgleich für alles, was ich ihm hatte geben müssen. Man weiß es nicht. August wusste es erst recht nicht.

August schaute seinem eigenen, einsamen Papierschiff nach und sagte nichts. Es ging schließlich unter, in stiller Eintracht mit meiner eigenen Papierschiff-Flotte.

Von uns dreien verließ er am wenigsten das Haus, er saß

im Wohnzimmer an dem uralten, verstimmten Klavier und spielte und spielte und spielte, bis ihm die Hände und die Ohren bluten mussten, und wenn er nicht Klavier spielte, zupfte er auf Vaters Gitarre, und wenn er nicht auf Vaters Gitarre zupfte, spielte er Platte um Platte in seinem Zimmer, und die Musik nistete sich in die Wände, spülte die Flure durch wie Reinigungsmittel, trug die stumpfe Stille mit sich davon, die hier alles beherrschte.

Ich hatte schnell verstanden, August und Ingrid und ich, wir hatten nur uns. Das hieß, August und Ingrid hatten August und Ingrid. Die beiden bildeten eine Einheit, ich war die Außenseiterin, ich hatte für zwei Mädchen zu leben, das strengte mich an, das sorgte dafür, dass ich mich von ihnen zurückzog. Ich hatte das Gefühl, mir einen Platz erkämpfen zu müssen. Wusste aber nicht, ob ich das überhaupt wollte.

Ingrid sprach mit mir, aber nicht so, wie sie mit August sprach. Mit August sprach sie auf Augenhöhe. Wie mit einem Verbündeten. Und August war weit weg für mich. Manchmal spürte ich, er traute mir nicht. Wenn er nichts als tief liegende Brauen und Schweigen für mich übrighatte. Manchmal ahnte ich, dass er mich für eine Lügnerin hielt.

Und manchmal, da hielt ich ihn für schwach.

In der Schule schaute man uns schräg an, das merkte ich erst überhaupt nicht und dann plötzlich andauernd, überall. Da sagte man, die Ispendahls wären alle bekloppt und verflucht, die Ispendahls hätten nicht mal einen Fernseher, die Ispendahls wohnten in einem ranzigen Spukhaus und blieben unter sich und sollten gemieden oder verspottet werden. In der Schule wollte niemand mit mir Gruppenarbeit machen, weil ich nie etwas sagte und niemandem in die Augen schaute und manchmal einfach schon in der ersten Pause verschwand, wenn ich keine Lust mehr hatte. Den Sinn der Anwesenheitspflicht verstand ich nicht. Wieso sollte irgendjemand wirklich irgendwo sein müssen, ich kapierte es nicht, und was ich nicht kapierte, was mir niemand erklären konnte, daran hielt ich mich auch nicht.

Immerhin hatten August und Ingrid August und Ingrid. Eine Einheit, fast so, wie ich es mit Alice gewesen sein musste, früher mal. Oder so ähnlich. Aber dann irgendwann kam Marius, irgendwann saß Ingrid hinten auf roten Mofas und kam erst in der Nacht nach Hause und drehte heimlich unter den Apfelbäumen Zigaretten. Jetzt hatte Marius Ingrid, und August zog sich nach und nach zurück in das hölzerne Muschelgehäuse seines Zimmers, in dem man laut Orchester hörte statt Meeresrauschen.

Es wird dunkel, sagte August, als wir unten am Bach saßen. Er packte das Papier ein und nahm mich an die Hand, sehr lose, so, dass ich mich jederzeit hätte befreien können. Das war etwas, das ich an August schätzte. Ich war es gewohnt, dass man meine Hand immer zu fest oder gar nicht hielt, dass man mich entweder allein ließ oder zu fest zupackte, mich hinterherzog. Aber nicht August. August ging neben mir her, auf einer Höhe. Er zog mich nicht. Er durfte deshalb jederzeit meine Hand halten. Mutter macht sich Sorgen, sagte er, wenn ich dich nicht nach Hause bringe, bevor es dunkel ist. Jetzt komm schon. Und du willst doch auch nicht, dass Vater böse wird.

Nein, gerade das wollte ich nicht. Wenn Vater böse wurde, wackelte das Haus, erzitterte das Dach, wehte ein eiskalter Wind durch das Geäst und ließ das Laub schneller fallen.

Ich ergriff Augusts schwielige, feingliedrige Hand und beschleunigte meine Schritte.

24

Als ich aufstehe, sitzt Ingrid in Mutters Sessel und starrt mich an. Sie tut das manchmal, dann hat sie Mutter im Blick, Mutter, wenn ich kurz vor dem Mittagessen Ingwerkekse gegessen oder mir nicht die Hände gewaschen oder Löcher in mein Sonntagskleid gemacht habe.

Ingrid starrt.

Ich starre zurück.

»Was soll denn das«, fragt mich Ingrid, als gäbe es sonst nichts zu fragen. Ich muss sagen, ich finde das schwach. Es ist eine schwache, vage Aussage. Fast sage ich ihr das auch. Aber das wäre etwas hart, finde ich.

Ich sage: »Was soll was.«

»Na. Das. Mit ihr. Was erhoffst du dir denn?«

»Gar nichts.«

»Du kannst das nicht machen. Das wird doch auch nichts ändern.«

»Ich weiß«, sage ich. Weil ich es wirklich weiß.

»Du machst es trotzdem«, sagt Ingrid.

»Genau.«

Ich drehe das Kopfkissen mit dem Mottenloch im Bezug auf die andere Seite und lasse sie sitzen.

25

In der Küche finde ich eine halbe Kanne Tee in der Thermoskanne, aus der der Tee immer bitter-säuerlich schmeckt, weil
Vater ein einziges Mal den Fehler gemacht hat, Kaffee hinein-
zukippen. Daneben ein Teller mit einem einsamen Eierkuchen und ein Zettel in flinker Kritzelschrift: *Iss mal was. Bin
beim Arzt. – A.*

Dabei ist August doch der, der immer dünner wird. Den ich
nie etwas essen sehe. Dem allmählich die blassen Wangen ein-
fallen wie Hefeteig, den jemand unter einem Geschirrtuch auf
den Kachelofen gestellt und dort vergessen hat.

Ich spüle den Eierkuchen mit bitterem Tee hinab, schnappe
mir meine Kamera und ziehe los, um Jora zu treffen.

Als ich mich draußen auf der Pfingststraße noch mal umdre-
he, sehe ich Ingrid oben an ihrem Fenster stehen. Verschränkte
Arme.

Ich gehe hastig über den nassen Asphalt davon.

Joras Auto riecht innen nach neuem Auto, was daran liegt, dass das Auto neu ist. Nach Regen, was daran liegt, dass es in den letzten Tagen so oft geregnet hat, und nach Tannennadeln, was nicht am Wald liegt, sondern an dem komischen grünen Duftbäumchen, das vom Rückspiegel baumelt.

»Geschenk«, erklärt Jora ungefragt. Ich weiß nicht, ob sie den Duftbaum meint oder das ganze Auto. »Wohin?«

Ich deute stumm. Sie fährt stumm. Das Auto surrt.

Ich bin seltsam zufrieden.

26

Niemand durfte, was Ingrid durfte. Irgendwie war das plötzlich ein Gesetz, damals, das sich August nicht erklären konnte und das ich gar nicht erst hinterfragte. August, der immerhin noch zwei Jahre älter war als Ingrid und sich vor Vaters Schatten hinter Plattenhüllen und Notenblättern und seine blaugrüngelben Hautblüten unter übergroßen Strickpullovern versteckte. Und Ingrid kam nach Hause, wann sie wollte. Verbrachte Zeit, mit wem sie wollte. Erklärte niemandem, wo sie war. Schmuggelte Marius in den frühen Morgenstunden in ihr Zimmer und nahm mir jedes Mal den Schwur ab, unseren Schwur, dass ich nichts verraten würde. *Schwör's mir auf die Wurzeln und den Stamm und die Krone.* Ich wusste nicht mal, was das bedeutete, plapperte es nur nach, wobei der Schwur natürlich keinen Unterschied machte, Ingrid wusste, ich würde nichts sagen, ich sagte ja nie viel.

Ich spürte die Dinge ein Stück entgleiten, Jahr für Jahr. Wie auf einer schiefen Murmelbahn rollte alles davon, nur nicht dahin, wo es sollte, wo auch immer das gewesen sein mochte. Ich weiß es nicht, ich wusste es nicht. Ich wusste, dass Vater stiller wurde in seinen stillen Momenten und lauter in seinen lauten, ich weiß, für Mutter wurde er zu einem Buntglasfenster, das wenig Licht hereinließ und das man anschauen, aber nicht durchschauen konnte, ich wusste, dass unser gutes Geschirr, vererbt von einer Großmutter, die ich nie kennengelernt habe, jetzt Sprünge hatte und abgeplatzte Kaffeetassengriffe. Die Luft im Wohnzimmer war dick und schwer und staubig, wenn Vater dort die Nächte verbracht hatte. Etwas in ihm war zum Stillstand gekommen. Wie das schwere Pendel einer kaputten Standuhr hatte er aufgehört, das Vergehen der Zeit in seinen Bewegungen festzuhalten. Dafür schwang Mutters Pendel jetzt schneller.

In diesem Jahr im März ging sie zum ersten Mal fort. Es wäre nötig, das sagte sie, einen anderen Weg gebe es nicht, das sagte sie, hier draußen gebe es keine gute Arbeit, das sagte sie, es erreichte mich nur so halb. Viel weiter südlich hatte sie Arbeit in der Stadt gefunden. Das würde die Dinge geraderücken, das versprach sie. An den Wochenenden würde sie versuchen, zu Hause zu sein, das versprach sie. Wusste noch nicht, wie wenig sie die Versprechen würde halten können.

Vater saß in seinem Schuppen, führte Zigarillos und Glasränder an seine Lippen, starrte ins Leere. Wenn ich ihn bat, erzählte er mir noch seine Geschichten. Ob ich schon mal gehört hätte, wie er die zwei Finger an seiner rechten Hand verloren hatte, eine gute Geschichte wäre das, und natürlich hatte ich sie schon gehört, und natürlich erzählte er sie erneut, und natürlich glaubte ich sie ihm.

In einer lauten Nacht weckte er mich auf. Ich möchte behaupten, dass es gewittert hat, aber das hat es nicht. Das war nur er, der die Funken sprühte und es donnern ließ, der mich mit einer Intensität überrannte, die mir unbekannt war bis dahin. Er zog mich aus dem Bett und drückte mich an sich. Ich roch es sofort, in seiner Kleidung, seiner Lederjacke, an seinem Atem. Schnelle, harte Stoppelküsse auf meiner Wange. Ich mochte nicht, wie fest er mich hielt.

Er legte mir etwas in die Hand. Etwas Kleines, Weiches, Nasses, ich spürte bewegungsloses Gefieder und etwas Spitzes, Hartes unter meinen Fingerkuppen.

Und ich wollte keine Angst haben.

Du kannst es, sagte er. Hol es zurück. Mach es wieder gut. Ich weiß, dass du's kannst.

Das Keine-Angst-Haben fiel mir sehr schwer.

27

Ich fahre nicht gern Auto. Natürlich nicht. Wie könnte ich auch. Niemand von uns fährt noch gerne Auto. Vaters alter Chevrolet steht noch immer unberührt in der Garage, Schrammen und Rost überall und die Wasserschäden am Motor.

Jora hält das Lenkrad sicher, die Reifen bewegen sich sanft über die Asphaltlandstraßen und Schotterwege, ihr Blick zielt gerade durch die Windschutzscheibe auf das, was vor uns liegt. Jora schaut nach vorn, ich schaue Jora an.

Frage mich, ob ich etwas fragen soll. Darf. Überhaupt will. Ob ich tatsächlich wissen möchte, wer sie ist, woher sie kommt, was sie hier treibt, warum sie in meiner Nähe sein will – ich glaube, ich möchte es nicht.

Ich sage, vollkommen kopflos, einfach so: »Du hast mich noch gar nicht gefragt, wie ich heiße.«

Jora sagt: »Nein. Habe ich nicht.« Und fügt hinzu: »Willst du, dass ich das frage?«

Ich will es nicht. Ich will es irgendwie schon. Ich will, dass sie bestimmte Dinge über mich weiß, ich will die Gelegenheit, mich zu erklären. Das ist neu.

Das ist befremdlich.

Das macht mir Angst.

»Ich weiß es nicht«, sage ich, so ehrlich ich kann. Ich will ehrlich sein.

Jora ist still. Dann: »Hast du denn einen?«

Ich sage: »Nein. Das ist ja das Ding.«

Sie sagt: »Okay.«

»Findest du das komisch?«

»Nein«, sagt sie, »ich habe meinen Namen. Erst später bekommen. Weißt du.«

Ich weiß es nicht. Wie auch.

Sie fügt hinzu, ungefragt: »Meine Eltern haben mich eigentlich Hannah genannt.« Sonst erzählt sie mir nichts, nicht ohne Nachfrage. Von der Seite wirft sie mir einen Blick zu, fast ein bisschen misstrauisch. Vielleicht, weil sie das nicht jedem einfach anvertraut.

Ich will, dass sie das nicht jedem einfach anvertraut.

»Hast du ihn verloren, den Namen?« Hannah. Passt nicht zu ihr, finde ich. Geht in meinem Kopf nicht mit ihr zusammen.

»Er hat mir nicht mehr gepasst.«

Einem Namen entwachsen wie einem alten Kleidungsstück. Das ergibt Sinn für mich, lässt sich eingliedern in meine mühsam selbst errichtete Logik der Welt, erinnert mich daran, wie ich selbst früher übers Wachsen gedacht habe. Ich muss es nicht weiter hinterfragen.

Ich hole meine Kamera hervor und mache ein Foto von ihr.

Damit ich später, wenn sie wieder verschwunden ist, wie Leute ja immer verschwinden, irgendwann – damit ich dann noch weiß, dass sie da war. Dass ich sie mir nicht ausgedacht habe.

Jora tut, als würde sie das Objektiv nicht bemerken und das scharfe Einrasten der Filmspule, die nach vorn springt und sie einfängt, für immer. Sie lächelt ein winziges bisschen. Für die Kamera oder für mich oder sich selbst.

Ich sage ihr, sie solle die Biegung vorne links nehmen, die Abzweigung, die in die Wälder führt. Sie tut es. Und dann spricht sie wieder.

Sie sagt leise: »Also. Ich bin weggelaufen, irgendwie.«

Sie lässt die Satzfetzen einzeln fallen. Sie sagt: »Ausgerissen von zu Hause. Ist einfach. Passiert.«

Sie sagt: »Aber jetzt bin ich eben hier. Hier war ich noch nie, und. Ich find's ganz schön.«

Ich sage: »Okay.«

Das mit dem Weglaufen, denke ich. Auch das kenne ich.

28

Wir sitzen auf den Hügeln, als wären sie zum Draufsitzen gemacht worden, und schauen hinab auf den Wilmersee, Jora und ich. Ich habe eine Thermoskanne mit Kamillentee, der eher nach Fenchel schmeckt. Finde ich zumindest. Jora sagt, sie schmecke nur die Kamille.

Wir reden. Jora redet ein bisschen von Stuttgart auf ihre stockige Art, die keine langen Sätze zulässt, von den hohen Gebäuden und davon, wie die Lichter alle in der Nacht verlaufen, wenn man die Stadt bei Regen verlässt. Die Lichter in den Regentropfen. Dass man das mal gesehen haben müsste. Dass es hier draußen so viel Schönes gebe, dass ich da schon recht hätte, dass sie die Bäume mögen würde und so, so wäre es ja nicht, aber dass es da noch was anderes gebe. Dass man diese Lichter überall finden könnte, theoretisch.

Ich frage sie, warum sie dann weggelaufen sei.

Sie sagt, das wäre keine bewusste Entscheidung gewesen. Sie hätte sich einfach in das Auto gesetzt, das sie von ihrem

Vater zum Abitur bekommen hätte. Und wäre losgefahren, nachts. Raus aus der Straße. Und dann raus aus dem Viertel. Und dann raus aus dem Stadtteil, in dem sie groß geworden war. Wo sie schon aus dem Stadtteil raus war, konnte sie auch bis an den Stadtrand fahren. Dachte sie sich so. Und wo sie schon aus der Stadt raus war, konnte sie genauso gut weiterfahren und schauen, was es da draußen noch so gibt, richtig?

»Richtig«, bestätige ich. Und frage doch, ob die nicht nach ihr suchen würden, wen auch immer sie da zurückgelassen hatte.

»Nee«, sagt Jora. »Nee, glaub ich nicht so.«

Ich glaube ihr nur so halb. Aber denke auch, dass sie mir nicht alles erzählen muss, dass niemand jemals alles erzählen müssen sollte.

Nur sich selbst sollte man alles erzählen.

»Wenn du deinen Namen verloren hast«, sagt Jora dann mit einem Unterton in der Stimme, den ich nicht deuten kann, »wieso gibst du dir nicht einen neuen?«

29

Ingrid hat mich das auch gefragt, vor langer Zeit. Ingrid hat mir auch immer solche Fragen gestellt. Die Art von Fragen, die so dermaßen einfach sind, dass man glaubt, die Antworten müssten genauso einfach sein.

Dann nimm's so hin, das sagte Ingrid und drückte mich an sich, was willst du denn machen, sei eben, wer du willst. Ich roch die Lavendelseife auf ihrer Haut, in ihren Haaren. Darunter roch ich ihren Eigengeruch, gut und vertraut. Mich selbst konnte ich nicht riechen. Genauso wenig, dachte ich, konnte ich mir einfach so einen Namen geben.

Sei jemand, sagte Ingrid.

Aber Ingrid begriff nicht. Begreift immer noch nicht, wird sie auch nie.

Wie das ist, wenn der Kopf sich leer anfühlt, obwohl er das nicht ist, wenn die Welt erst mal zurückkehren muss. Das kann schlimmer als die Motten sein. Das glaubte sie mir nicht. Sie glaubte auch nicht, dass es tatsächlich schwer sein konnte, jemand zu sein, wo sie doch so selbstverständlich jemand war, und dieser Jemand wurde gesehen und gehört und erkannt. Beim Namen gerufen.

Immerhin weiß ich, wer du bist, sagte Ingrid. Und du erinnerst dich ja längst wieder an alles, richtig?

Richtig, und falsch.

Darum ging's nicht. Sagte ich ihr. Weil ich nun mal wusste, wo ich war, ich wusste, wie ich im Spinnenstraßennetz von Wilmer die Pfingststraße finden konnte, ich konnte zehn durch fünf teilen, und ich wusste auch, dass Ingrid meine Schwester war, auch wenn ich ihren Namen zunächst genauso im See verloren hatte wie meinen eigenen. Im Gegensatz zu meinem war er wieder aufgetaucht. Ich wusste, wer Mutter und Vater waren. Aber das machte mich doch zu niemandem. Jemanden zu kennen kann niemanden zu jemandem machen, finde ich.

Das sagte ich ihr, und sie schüttelte den Kopf.

Was ich weiß über die Welt, auch das macht mich zu niemandem.

Was macht dich denn zu jemandem, fragte Ingrid.

Ich wollte nicht ausholen. Ich wollte Ingrid nicht erklären, dass wir alle nur Lehmkugeln sind, die erst zu etwas anderem geformt werden müssen, und dass acht Jahre mühevoller Formung, Konturierung, Meißelung sich wie fortgespült anfühlen können, wenn sie einem erst mal weit genug entglitten sind, dass das nicht einfach zu übersehen oder gutzumachen ist. Ich wollte Ingrid nicht erklären, dass ich mich fühlte, als wäre ich nie geformt worden. So viele Worte besaß ich ja nicht.

Was die Welt über mich weiß, erwiderte ich also.

30

Das mit dem Weglaufen.

Ja, das mit dem Weglaufen, da war ja was, da ist ja was passiert, ganz kurz ist es mir entfallen, aber jetzt ist es wieder da, ich schlage Klauen in die Erinnerung, sie geht nirgendwohin.

Ich war zwölf, ich war zwölf, ich war zwölf, ich lag wach, wach, wach, und es war kalt, kalt, kalt, die kälteste Sommernacht, und draußen auf der Veranda flackerte etwas. Jemand bewegte die Gaslaterne. Ich schob mich aus Alice' Bett. Die Kopfkissen rochen gar nicht mehr nach ihr. Die Kopfkissen rochen gar nicht.

Unten kniete August vor der Verandatür auf den Dielen, eingewickelt in einen von Vaters riesigen Pullovern, und stopfte allen möglichen Kram in seinen Rucksack. Erst sah er mich nicht. Packte und zwängte und stopfte weiter und atmete ganz schwer.

Das schwarzblaue Auge sah man in diesem Licht fast gar nicht.

Als er mich dann bemerkte, erklärte er sich nicht, sagte nur, dass er jetzt gehen müsste, zumindest für eine Weile, dass er einen Brief auf dem Kaminsims hinterlassen hätte für Mutter und Ingrid und mich.

Ich sagte nichts. Wusste nicht, was.

Wenn ich wollte, sagte er, als er durch die Tür trat, könnte ich ihn ein Stück begleiten.

Über uns sangen Mutters Windspiele so was wie ein Abschiedslied.

31

Ich habe die Leute in meinem Leben meistens begriffen. Ich habe viel über meine Welt gewusst. Weil sie ja schon immer da gewesen ist, genau so, und was schon immer da gewesen ist, kann man irgendwann verstehen. Aber Jora ist nicht immer da gewesen. Und ich begreife Jora noch nicht. Später werde ich sie besser verstehen, aber jetzt nicht, noch nicht. Sie sitzt neben mir und schaut hinab auf den See und hat keine Ahnung, was dort schon alles versunken liegt, und ich wünschte, ich wüsste es auch nicht.

Niemand sollte je alles erzählen müssen. Das stimmt, daran glaube ich, aber dennoch erzählen sich die Leute selbst, an irgendeinem Punkt erzählen sie sich immer. Von Vater habe ich das gelernt.

Ich frage: »Hast du dir deinen Namen denn selbst gegeben?«

Jora sieht ertappt aus. Sie sagt: »Nein.«

Da denke ich, sie versteht. Dass es Dinge gibt, die man nur von anderen bekommen kann.

»Wer war es dann? Jemand aus deiner Familie?«

Jora bewegt den Kopf, ich kann aus den Augenwinkeln nicht sagen, ob sie nickt oder ihn schüttelt. »Meine Stiefmutter«, sagt sie.

Von Vater weiß ich auch, dass man die Geschichten der anderen manchmal suchen muss in dem, was sie sagen.

32

Ich wechsle das Thema. Jora lässt es zu, und ich bin dankbar.

Ich rede über den Wilmersee. Darüber, dass Wilmer mal ein Badeort war, ganz früher, in der Hochsaison. Aber jetzt nicht mehr. Man hat uns vergessen. Der See eignet sich kaum noch zum Baden, er ist jetzt ganz verwildert und verwachsen an den Ufern, es gibt keinen Strand, der Ruderbootverleih hat dichtgemacht, da war ich vierzehn, und die Zeit der Eisdielen und Liegestühle und Seifenkistenrennen habe ich sowieso nicht miterlebt. Jetzt kommen ab und zu mal Wanderer vorbei. Sonst bleibt es ruhig.

»Das verstehe ich nicht«, sagt Jora, »was ist denn passiert?«

»Ich weiß es nicht«, sage ich.

Wenn man um den Wilmersee ein bisschen herumläuft, kommt man zum Hotel Seeblick, das längst kein Hotel mehr ist. Phantomort, hat August immer gesagt, weil ein Holzschild noch immer den Seelachs-Teller für fünf Deutsche Mark anpreist – Phantomorte, die so tun, als wären sie noch da. Die morsche Terrasse reicht noch raus aufs Wasser, ein paar Sonnenschirme und Klapptische trotzen dem Verfall und ernten dafür meinen Respekt. Die Fenster im Erdgeschoss hat man zugenagelt, später.

»Irre«, sagt Jora.

»Traurig«, sage ich. Verstehe nicht, was sie daran besonders findet.

Ich laufe nicht gern runter zum alten Hotel. Es ist ein komischer, leerer Ort, ohne Geschichte, über den nicht groß gesprochen wird, den niemand vermisst. Unort, Unwort, Ferienresort.

Aber Jora will es jetzt natürlich sehen, und ich gestehe ihr das zu. Geben und Nehmen und so weiter.

Wir marschieren den Hang hinunter.

Das Leben gewinnt uns immer zurück. Hat Mutter oft gesagt. Hat was-weiß-ich-denn damit gemeint. Auf das alte Hotel trifft es dennoch zu, denn natürlich wurde es zurückerobert im Laufe der Jahre, und das ist nicht immer etwas Gutes. Jetzt lehnen am alten Schild die Mofas und Fahrräder, jetzt liegen leere, braune Flaschen unter dem Steg und treiben von dort aus raus auf den See, jetzt hört man die Musik schon von Weitem, jetzt wird einem mulmig, jetzt ist die Einsamkeit des alten Bretterbaus gepaart mit dem Gejohle und Gelächter etwas, das mir nicht bekommt.

»Hey«, sagt Jora. Stopft eine geballte Faust in die Jackentasche. »Das ist doch. Der Typ aus dem Laden. Das ist der doch.«

»Ja«, sage ich, »das ist der.«

Marius sitzt allein an der Treppe, die rauf auf den Steg führt, und tippt auf seinem Handy herum. Ich will mich ihm nicht nähern. Ich will umkehren und davonlaufen. Der Steg ist mir auch zu nah am Wasser, aber das will ich Jora nicht auf die Nase binden.

Sie soll ja jetzt nicht denken, ich wäre feige. Oder dass ich Angst hätte, verrückt würde davon. Sie soll nicht denken, ich hätte die Motten.

Marius hört uns, hört unsere Schritte auf den toten Blättern und schaut auf. Seine Augenbrauen wippen auf und ab. »Oh«, sagt er, schaut nur mich an, und dann wieder Jora. »Ihr.«

Ich sage nichts, und Jora auch nicht.

»Wochenendausflug?« Er lacht, ein bisschen verächtlich, ein bisschen traurig auch. »Macht lieber, dass ihr wieder wegkommt.«

»Wieso. Habt ihr den Steg annektiert. Oder was.« Jora spuckt ihm die Worte einzeln vor die Füße. Klingt dabei aber nicht mal unfreundlich. Ich frage mich, wie sie das macht. »Wir haben auch das Recht, hier zu sein.«

Wir, denke ich.

»Ist mir egal, was ihr hier glaubt, für Rechte zu haben«, sagt Marius. So richtig finster schauen kann er nicht. Konnte er schon früher nicht. Ich sehe ihn vor mir, auf einmal winzig klein in unserer Küche, wie Vater ihn damals runtergemacht hat wegen der Apfelbaumschnitzerei. Ingrids Name, wo er nicht hingehörte. Vater säbelte die Rinde sauber ab und ließ Marius eine Woche nicht ins Haus.

Marius schaut mich an. »Gerade du. Ich hab dir doch gesagt, du sollst dich lieber fernhalten, damals. Oder hast du das vergessen.«

»Ich vergesse nicht«, erwidere ich, versuche, Joras Tonfall zu imitieren, aber so ganz einfach ist das nicht, gerade für mich. Ich spreche oft so, als ginge mich gar nichts irgendetwas an. Und das hilft mir bei Marius nicht weiter.

Jora sucht meinen Blick, nickt aufmunternd und marschiert einfach an Marius vorbei. Der rührt sich erst nicht. Erst als ich an ihm vorbei die Stufen hochhopse, steckt er das Handy weg und folgt uns hoch auf den Steg.

Von den vier, fünf Leuten, die rauchend, trinkend, lachend auf dem Steg herumhängen, schenkt uns keiner Beachtung. Also beschließe ich, den Gefallen zu erwidern.

»Schon schön«, sagt Jora.

»Schön, schon«, sage ich. Ich schaue Jora an und nicht das Wasser.

Jora schaut zurück und lächelt ein bisschen sehr schief.

»Hey. Na, die kenne ich doch noch.« Jemand greift nach meiner Kamera und entzieht sie mir mit einer ruckeligen, flinken Bewegung. Dann steht Marius da und wiegt sie in der Hand. Er grinst. Aber es sieht sehr hohl aus, dieses Grinsen, sehr unecht. Und ich weiß, wie Marius' Grinsen aussieht, wenn es echt ist. »Die läuft ja noch mit Film. Was willst du denn mit so was?«

»Ich will sie gern wieder«, sage ich trocken.

Vor Jahren hat Ingrid mir mal erklärt, wie man keine Angst kriegt. Dass man gerade stehen und das Kinn oben haben und darüber nachdenken muss, was das Schlimmste ist, das passieren könnte, und dass das Schlimmste schon nicht so schlimm ist und so weiter.

»Ich weiß aber nicht, ob ich sie dir wiedergeben will«, sagt Marius. Sein Tonfall ist sehr wackelig.

Ich habe Ingrid damals erklärt, dass das nicht funktioniert.

Neben mir sagt Jora: »Was soll. Denn das eigentlich.«

Marius sagt zu ihr: »Wenn du 'n Tipp von mir willst …«

»Will ich nicht.«

»Kriegst ihn aber. Bleib weg von dieser Familie. Alles nur Bekloppte.«

Erst denke ich, er gibt sie mir wieder. Weil Marius nie einfach so etwas an sich gerissen hat, so kannte ich ihn nicht, so war er nicht, und ich strecke schon die Hand aus nach meiner Kamera.

Aber dann holt Marius aus. Und die Kamera geht auf Tauchgang.

33

Die Kamera ist fort, die Kamera trifft die Wasseroberfläche und es platscht, und dann sinkt sie hinab und hinab und hinab, und ich stehe auf der Holzterrasse, zu nah, viel zu nah am Wasser, und spüre etwas erkalten, sich zusammenziehen und dann erstarren, zu Eis werden.

Ich schaue Marius an. Marius sieht aus, als könnte er selbst nicht glauben, was er da gerade gemacht hat, seine buschigen Brauen treffen sich fast über seiner Nase.

Ich will schreien.

Fast mache ich das auch.

Weiß aber leider auch nicht mehr, wie das geht, das mit dem Schreien und Lautsein. Ich mache so was ja nicht, wir haben so was ja nie gemacht, mit Ausnahme von Vater haben wir alle gefunden, laut sein und wütend sein und sich beschweren habe noch niemandem genützt, bei uns sitzt man die Dinge ja aus, bei uns nimmt man die Dinge ja hin, bei uns rennt man die Wände nicht ein, bei uns lehnt man sich mit dem Rücken dagegen und schließt die Augen und seufzt. Weil die Wand nämlich noch in hundert Jahren dort sein wird, wenn wir alle längst nicht mehr sind, und daraus zieht man Kraft und atmet aus und ein und schlägt die Motten weg von der Lichtquelle.

Marius setzt an: »Ich, oh …«, aber mehr kommt nicht raus. Dem ersten, kleinen Platschen folgt ein zweites, großes Platschen, und dann sehe ich, dass Jora nicht mehr neben mir steht.

Einer von Marius' Freunden sagt: »Ach du Scheiße.«

Marius sagt: »Verdammt, verdammt, verdammt«, und kniet sich an den Rand des Stegs, aber hinterherspringen will er nicht, er bleibt nur sitzen und starrt auf die aufgewühlte Wasseroberfläche, die Jora und meine Kamera verschluckt hat.

Ewig lang passiert nichts. Mir sitzt der Atem in der Kehle, kann nicht heraus, drinbleiben kann er aber auch nicht, ich gehe so nah ans Wasser, wie es mir möglich ist, und starre hinab, und die aufgewühlte Oberfläche starrt zurück, lässt mein eigenes Gesicht verzerrt zurückstarren. Fast muss ich würgen. Aber dem See geht es genauso. Mit einem Rauschen spuckt er sie wieder hoch, wieder aus, und Jora streicht sich den nassen Haarvorhang aus dem Gesicht und hält die Kamera hoch wie einen versunkenen Schatz.

34

August war fortgelaufen, und Vater hatte die Motten.

Ich sprach mit niemandem, außer mit den Pflanzen, weil die Pflanzen die einfachere Gesellschaft waren. Eine Zeit lang verwandelte ich mein Zimmer in einen Dschungel, ließ das Fenster zuwachsen, die Luft war schwer und erdig. Mutter sagte, ich hätte den grünen Daumen von Vaters Mutter geerbt. Die hätte sich auch gut mit Pflanzen ausgekannt. Ich war meiner Großmutter nie begegnet, ich konnte es nicht anzweifeln, ich schätzte mich bloß glücklich, dass Mutter mit mir sprach. Es vergingen schon jetzt immer mehr Wochen zwischen ihren Besuchen. Wir taten, als bemerkten wir das nicht. Damit Vater nicht wütend wurde.

Vater fuhr das Seeufer entlang, über die Landstraßen bis in die umliegenden Dörfer, und suchte nach August. Vielleicht fühlte er sich schlecht. Vielleicht war er wütend, dass August weggelaufen war, bevor er selbst es hatte tun können.

Ihm geht's gut, sagte Ingrid. Und dass er das schon mal gemacht hätte, früher, als Alice noch gelebt hatte. August hätte immer schon fortgewollt.

Ich erinnerte mich nicht daran. Ich musste ihr wohl glauben.

Das mit dem Weglaufen, sagte Ingrid. Das mit dem Weglaufen, das machen wir gern in unserer Familie, du wirst sehen. Irgendwann ist das Haus leer, weil wir alle in entgegengesetzte Richtungen davongelaufen sind.

Ich frage mich, ob Ingrid damals ahnte, wie recht sie damit hatte.

35

Ihre Lippen sind ganz blau. Das sage ich ihr auf dem Weg zurück zum Auto. Weil ich irgendetwas sagen muss und mir doch die Fähigkeit abgeht, in solchen Momenten etwas Befriedigendes zu sagen. Das ist eine Erbkrankheit, finde ich. Ein bisschen wie die Motten. Aber eigentlich auch ganz anders.

Jora lacht. Sie hat kein lautes Lachen, was ich gut finde, weil Leute mit lautem Gelächter mir suspekt sind. Nichts kann jemals so lustig sein.

»Du könntest dich. Auch einfach. Bedanken«, sagt sie.

»Könnte ich«, sage ich und denke, dass ich das damit bereits getan habe. »Aber das war die Kamera nicht wert, weißt du.«

»Kein Familienerbstück?«

»Nein. Flohmarktfund.«

Die Knöchel an Joras Fingern treten weiß hervor, die dünne Haut, die sich darüber spannt, ist ganz lila. Sie zittert.

Ich gebe ihr meine Jacke, die auch nicht meine Jacke ist, sondern Vaters. Aber er hat sie halt nicht mitgenommen. Und was geblieben ist, was sie uns hinterlassen haben, bewusst oder unbewusst, das gehört uns, haben wir beschlossen.

»Ich hab's. Gern gemacht. Eigentlich. Weißt du, das Wasser. War eigentlich auch ziemlich warm.«

Sie lächelt. Ich lächle.

Ihre Haare sind so nass, die Abendsonne kann sie nicht in Flammen setzen.

36

Ich weiß nicht, wer Jora ist, aber ich glaube zu wissen, wer Hannah nicht war. Ich kann mir die Leute immer sehr leicht in einem anderen Alter vorstellen; wie ein junger Mann mal mit sechzig aussehen könnte, wie eine junge Frau als Kind ausgesehen haben muss und so weiter. Ich sitze im Auto neben Jora und denke, als kleines Mädchen muss sie ganz dünn und klein und zerbrechlich gewesen sein mit flachsigen Haaren und großen Augen, ich sehe sie mit Zöpfen und einem Trägerkleid und einem Korb mit Blütenblättern, wie ein Blumenmädchen auf einer Hochzeit vielleicht, aber sie verstreut die Blütenblätter nicht, sie dreht den Korb einfach um. Weil, ein bisschen Widerstand war da schon in ihr. Nur sprechen tut sie nicht. In meinem Kopf ist sie stumm.

So, wie Jora jetzt spricht, muss Hannah das Sprechen mühsam erlernt haben.

Ihre Eltern müssen laut gewesen sein. Ich stelle mir ihren Vater vor als einen großen, bärtigen Mann mit dröhnender

Stimme, die Mutter, vielleicht auch die Stiefmutter, als freundlich und euphorisch und schrill. Alles Leute, die immer etwas zu sagen haben. Ich glaube, wo die Worte der anderen sich aufblähen, ist kein Platz für jemanden, der sich seine erst zusammensuchen muss, bevor er sie aussprechen kann.

Vom Fahrersitz aus Joras Stimme: Woran ich denn denken würde. Ich sähe sehr konzentriert aus.

»Nichts Bestimmtes«, sage ich ihr.

Wer auch immer Hannah gewesen sein mochte, ich bin mir sicher, sie war niemand, der einfach so in den Wilmersee gesprungen wäre.

37

Ich weiß nicht, wann ich zuletzt so in Decken gewickelt auf der Veranda gesessen habe. Das heißt, eigentlich weiß ich es schon. Aber es fühlt sich so fern an, ich will mich daran erinnern, als wäre es ewig her.

Glut und knisterndes Holz in der rostigen Feuerschüssel, über der wir früher Stockbrot gebacken haben. Das Windspiel seufzt vereinzelte Töne in die Nacht.

Die Nacht ist ziemlich dunkel, ziemlich mondlos. Es wird stürmen.

Ich schaue Jora an, die in Mutters Wolldecke neben mir kauert und darin winzig aussieht, wie ein Kind. Ich frage sie, ob ihr noch kalt sei, ob wir reingehen sollten. Sie sagt, nein, nein, es ginge schon. Es sei ja ganz schön, so hier draußen.

»Aber die Apfelbäume. Sehen gruslig aus, so als Umrisse.«

Sie hat recht. Ich habe die Apfelbäume schon immer ziemlich unheimlich gefunden, die knorrigen Äste wie große, hölzerne Finger, die am Himmel kratzen. Aber das sage ich ihr nicht, ich will die Angst nicht schüren.

»Manchmal kommt das Haus mir winzig vor«, sagt Jora. »Und dann wieder riesengroß.«

»Ja«, sage ich. Weil ich weiß, was sie meint.

»Ist komisch. Weiß auch nicht.«

»Weiß auch nicht«, sage ich.

Jora bewegt sich durch unser Haus, wie Leute sich durch Museen bewegen, finde ich. Mit Interesse, aber auch Distanz. Mit den Fingern folgt sie den Rillen und Kratzern in der Tischplatte, während ich Tee aufsetze und überlege, was ich zu ihr sagen könnte, weil ich ständig den Drang habe, etwas zu ihr zu sagen, auch wenn es rein gar nichts zu sagen gibt. Wenn es nichts zu sagen gibt, sollte man den Mund halten. Aber ich bekomm's nicht hin.

»Wie bist du rausgewachsen?«, frage ich. Ich will nicht so neugierig sein.

Jora weiß sofort, was ich meine. Antwortet aber nicht gleich. Sie überlegt. »Ich wollte anders heißen. Ich fand. Mein Name sollte mir allein gehören.«

»Der alte hat das nicht?« Ich will das nicht wissen wollen.

»Nein. Es war der Name. Meiner Mutter. Ich hab sie kaum gekannt. Sie starb. Da war ich noch ganz klein.« Sie sagt das nicht so, als würde es sie besonders berühren.

»Okay«, sage ich. Möchte was ganz anderes sagen, lasse es aber bleiben. Wüsste nicht, wie. Was einmal wirklich weg ist, kann nicht durch Reden allein zurückgeholt werden.

Draußen zünde ich die alte Öllampe an. Unser vom Tee erwärmter Atem steigt sichtbar hoch in der kalten Luft – immer kurz vor der Verandadecke verschmilzt meiner mit ihrem.

Als die Nacht ihren kältesten Punkt erreicht hat, steht Jora auf. »Ich sollte jetzt zurück.«

»Okay«, sage ich. Obwohl ich nicht möchte, dass sie geht. Auch wenn ich mich frage, wo das eigentlich sein soll, *zurück*, wohin sie geht, wenn sie nicht bei mir ist – ob sie einfach aufhört zu existieren, sobald ich außer Sichtweite bin.

Am Hoftor schiebt August gerade sein Fahrrad in den Vorgarten. Er sieht uns an der Haustür stehen, bleibt stehen und starrt.

»Hey«, sagt Jora, als sie sich an ihm vorbeidrängt.

Erst reagiert August nicht. Dann sagt er hastig, wie ein Schauspieler, der seinen Einsatz verpasst hat: »Wohin geht's?«

»Zurück ins Motel«, sagt Jora, und: »Gute Nacht, August.«

»Gute Nacht«, sagt August.

Dann stehen wir da, August am Tor und ich am Treppengeländer, und schauen zu, wie Jora in ihr Auto steigt, den Motor zündet und die Pfingststraße runter verschwindet, die Scheinwerfer wie glühende Augen in der Dunkelheit.

August schaut zu mir hoch, die Arme fröstelnd um den eigenen Oberkörper geschlungen. Sagt erst mal nichts. Sagt dann: »Die ist doch nicht echt.«

»Denke schon«, sage ich.

»Du weißt schon«, sagt August, »dass es hier keine Motels mehr gibt. Im ganzen Umkreis nicht.«

»Ja«, sage ich. Ich kann von hier oben seinen Scheitel sehen, wenn ich so auf ihn herabblicke. Ein komisches Gefühl.

38

Natürlich weiß ich, dass August dann wiederkam, irgendwann. Er stand plötzlich im Garten und hatte Schrammen an den Knien, wie früher als Junge, und ganz schmutzige Hände.

Ich weiß, Vater saß auf der Veranda. Dort, wo ich eben noch mit Jora gesessen habe. Die Bank erinnert sich, wie ich mich erinnere, da bin ich mir sicher, irgendwie sitzt Vater ja immer noch darauf, irgendwie wird er die Bank ja nie wieder verlassen.

August sagte nichts.

Vater sagte nichts.

August ging ins Haus, hoch auf sein Zimmer. Er rief nach Mutter. Die war nicht da. Die war fort, sorgte für uns, indem sie nicht hier war. Es war uns verboten, sie dafür zu hassen.

August ging, Vater rauchte seine Zigarillo zu Ende. Dann folgte er über die Holztreppe, die Wirbelsäule unseres Hauses, Stufe für Stufe, Wirbel für Wirbel, rauf in den Schädel, hoch auf seinen Dachboden, aus dem kein Laut kam, nicht mal das Gebrüll der Monster, auf die Ingrid beharrte.

Wir sahen ihn zwei Tage lang nicht.

Es sind die Motten, sagte ich.

Es geht nicht mehr, sagte Ingrid, die ich kaum noch sah, die jetzt immer verschwunden war auf ihre Art, die sich das erlauben durfte, weil Vater sie fürchtete. Ich wusste, dass er das tat, Vater fürchtete Ingrid, weil sie sich nicht vor ihm fürchtete, weil sie seinem Blick standhielt, weil sie erhobenen Hauptes an ihm vorübergehen konnte – Vater fürchtete sie, er fürchtete sie fürchterlich. Weil sie nicht war wie August und nicht wie ich. August und ich, wir würden immer nach Hause zurückkehren, Vater wusste das, wir waren an das Haus gebunden. Aber nicht Ingrid.

Ingrid würde gehen, wenn ihr danach war.

Ich erinnere mich an ein Mal, als ich in der Küche eine Tasse zerbrach. Vater kam aus dem Garten hereingestürmt wie ein aufgeweckter Wachhund. Da stand er, ich sehe ihn vor mir, die Schultern bebend, jeder Muskel zuckend, und er starrte mich an und hob die Arme, als hätte er sich in eins der Ungeheuer aus seinen Geschichten verwandelt, und ich kniete vor ihm wie gelähmt – aber Ingrid war da. Zog mich auf die Füße. Sagte zu Vater, sie wäre es gewesen, nicht ich. Dass er sich verdammt noch mal beruhigen sollte, das sagte sie zu ihm, und sie sagte es ruhig und teilnahmslos, als stünde rein gar nichts auf dem Spiel.

Vater hatte Fischaugen im Gesicht, hell und wässrig und riesig und leer.

Komm her, sagte er bebend. Na los.

Ingrids Hände klammerten sich um meine Oberarme, aber es tat nicht weh.

Nein.

Und noch mal, als Vater nicht reagierte: Nein.

Mein Vater, der Riese. Der unsere Welt schulterte. Ich dachte, jetzt würde er sie fallen lassen.

Aber er kippte und sank in sich zusammen, als hätte jemand auf seinem Rücken ein Ventil geöffnet und alle Luft würde langsam aus ihm entweichen, und er drehte sich um und ging, zurück in den Garten, verschloss die Schuppentür hinter sich, und als ich später draußen Rosmarin pflückte, war ich mir sicher, ihn weinen zu hören.

Er weint um dich, sagte ich zu Ingrid.

Er weint um sich selbst, sagte sie.

Ich roch den süßlichen, komischen Geruch in Ingrids Jacke, die nicht Ingrid gehörte, sondern Marius. Die Schatten unter ihren Augen wurden länger.

Ich fing zum ersten Mal an, hier und da ein Buch über die Zeit zu lesen. Missverstand sie alle. Denke ich zumindest. Irgendwann läuft die Zeit aus, dachte ich, wie Milch aus einem umgeschmissenen Karton, und setzt sich zwischen die Dielen, wo sie dann versauert und nur einen ekligen Gestank zurücklässt, aber auch der geht vorbei, der Milchgeist sucht die Dielen nicht ewig heim, bald sind die Dielen mit dem Haus verschwunden, alles ist so unendlich endlich. Ich ertrug den Gedanken damals kaum.

Mach dir keine Sorgen, sagte Ingrid, die alles sah. Du wirst auch noch sehen, wie unendlich sich die Dinge anfühlen können.

39

Als ich aufwache, ist der Oktober da. Ich weiß, dass ich diesmal geschlafen habe, zumindest kurz, weil ich Sand in den Augen habe, als ich sie öffne, und glaube, mich an einen Traum zu erinnern, einen merkwürdigen, in dem kleine Mädchen ohne Augen in unserem Garten auf der Schaukel spielten. Aber vielleicht hatte ich diesen Traum auch viel früher mal und kann mich erst jetzt wieder an ihn erinnern. Wie das mit Erinnerungen manchmal so ist.

Die Türklingel hat mich geweckt. Erst die Klingel, dann der Messingklopfer. Ich schaffe es nach unten.

Draußen steht Marius.

Er starrt mich an, ich starre ihn an, und er hebt wortlos die rechte Hand, die etwas hält, etwas Schweres in einem Leinenbeutel.

Er macht den Mund auf und wieder zu, ohne ein Wort herauszulassen. Er schaut mich nicht an, er schaut nur an mir vorbei in den Flur.

Ich frage mich, ob der Flur ihm jetzt anders vorkommt, nachdem sich alles so sehr verändert hat.

»Es tut mir leid«, sagt Marius. Seine Stimme ist ein toter, hohler Baumstamm.

Und ich sage fast zeitgleich denselben Satz zu ihm.

Ein Teil von mir ist ihm fast böse, dass er sich entschuldigt, dass er jetzt versucht, eine Schuld von mir zu nehmen, die immer nur er mir zugestanden hat. Vielleicht bin ich ihm ja doch immer dankbar gewesen für seine Wut.

Eine gute Minute stehen wir dort, schweigend; ich wage es nicht, den Beutel zu öffnen, und er wagt es nicht, die Hände aus den Hosentaschen zu nehmen und einfach zu verschwinden. Ich frage ihn dann, ob er nicht reinkommen wolle, ich könnte ja Kaffee kochen, obwohl ich eigentlich wirklich keinen Kaffee mit Marius trinken will, ich könnte mir kaum etwas vorstellen, das ich weniger gern tun möchte – aber es geht ihm ja ähnlich, er schüttelt nur den Kopf, die Strohhaare schaukeln hin und her.

»Ich will dieses Haus nie wieder betreten«, sagt er.

Seine Augen schlüpfen noch mal an mir vorbei, bevor er sich umdreht. Sie suchen nach Ingrid, da bin ich mir sicher. Aber sie lässt sich nicht blicken.

Ich wünschte, sie würde es. Nur dieses eine Mal, zum Abschied.

Im Leinenbeutel liegt Marius' alte Kamera.

40

Ingrid ist in der Küche, als ich wieder ins Haus komme. Ihre Stimme erschreckt mich, ich habe sie nicht gesehen, wie sie da in der Ecke sitzt im Schaukelstuhl und eins meiner Bücher hält, wie immer, obwohl ich weiß, dass Ingrid sich für diesen ganzen Physikkram nicht interessiert. Ingrid möchte nicht wissen, wie die Zeit funktioniert oder unsere Welt oder warum die Dinge sind, wie sie sind.

Ich habe sie nie verstanden.

Auch jetzt verstehe ich sie erst nicht, als sie mich anspricht, sie muss sich wiederholen: »Es soll heute stürmen, haben sie im Radio gesagt.«

»Marius war draußen«, sage ich ihr.

»Es haut die ganzen Bäume weg.«

»Ich glaube, du fehlst ihm.«

Auf dem Tisch liegen drei ungeröstete Scheiben Toast, hauchdünn mit Marmelade bestrichen. August hat sich wieder Frühstück gemacht und es dann doch nicht angerührt.

»Ich mach mir Sorgen«, sage ich, weil Ingrid die Einzige ist, der ich so was sagen kann. Ingrid weiß, wie ich ticke. Ingrid weiß, was ich hören will, und sie sagt es dann auch und schaut mich an mit ihren dunklen Augen, die meine festhalten und nicht mehr gehen lassen, wie ich nicht mehr gehen gelassen werden will.

So ist es sonst immer.

Jetzt sagt sie: »Weißt du noch, wie es den Meißners damals die Dachziegel weggeweht hat?«

Und ich sage: »Ingrid.«

Und sie sagt: »Vater hat noch beim Aufräumen geholfen. Erinnerst du dich?«

Und ich sage: »Ja. Ich erinnere mich.«

41

Ich gewöhne mich ans Autofahren. Weil Jora langsam fährt und vorsichtig, gar nicht wie Mutter und Ingrid, die das Auto um die Kurven schlittern lassen, als wären sie vor irgendetwas auf der Flucht, als müssten sie unbedingt so schnell wie möglich irgendwo ankommen.

Jora fährt wie jemand, der gesehen hat, was Autos anrichten können. So wie ich auch. Manchmal denke ich, wir haben viel gemeinsam, Jora und ich. Aber noch weiß ich nicht so viel von den wesentlichen Dingen, ich sehe nur, dass Jora und ich beide sehr gut schweigen und raus in die Welt schauen und uns ziemlich fremd fühlen können. Und mit dem Weglaufen, damit haben wir beide auch unsere Erfahrungen gemacht, denke ich. Auch wenn Jora jemand ist, der wegläuft, und ich jemand, vor dem die Leute weglaufen.

Ich schaue mir durch die trübe Windschutzscheibe den Tag an. Beschließe, dass er gut ist. Weil ich zu viele nicht-gute-aber-auch-nicht-allzu-schlechte Tage hatte in letzter Zeit.

Marius' Kamera liegt schwer in meinem Schoß. Neben mir summt Jora ein Lied. Ich kenne es nicht.

Ich sitze da, und die Oktobersonne wärmt mir das Gesicht wie früher Mutters Hände, und ich denke, dass es eigentlich nur zwei Arten Menschen gibt, die einen glauben an Schicksal und die anderen nicht, die einen glauben an Zufall und die anderen nicht, es ist immer nur Plan gegen Chaos, und eigentlich haben beide Seiten unrecht, finde ich.

Denn wenn die Zeit eine gerade Linie ist, ist alles nur geplantes Chaos.

Das möchte ich gerade laut erklären, als es passiert.

Erst denke ich, Jora hätte ihn totgefahren. Aber das stimmt natürlich nicht. Da war kein Knall, nur scharfes Abbremsen. Er muss jemand anderem zum Opfer gefallen sein.

Aber Jora steht dort und starrt, als wäre alles ihre Schuld, und ich verstehe nicht, wieso, ich schaue Jora an mit ihren immerfeuchten Augen und dann die Leiche, der Bauch aufgedunsen, aufgeplatzt, die Augen ins schwarze Nichts der Höhlen verschwunden, dunkelrote Nässe auf dem warmen Asphalt der Landstraße, ich bin ratlos.

»Das passiert«, sage ich, so sanft ich kann, weil so was eben passiert, weil ich das inzwischen gelernt und verstanden habe. Es ist wichtig zu wissen, dass man am Lauf der Dinge nichts ändern kann.

»Nein«, sagt Jora nur, und: »Genau den. Hab ich gesehen.«

Jora macht ihren Kofferraum auf. Drinnen liegt viel zu viel Zeug. Gepackte Taschen und ein alter Koffer und ein Kopfkissen und eine staubige Decke. Nach der greift sie.

»Hilfst du mir?«

Ich helfe ihr.

Wir wickeln ihn ein, tragen ihn zum Kofferraum, legen ihn zwischen alles, was Jora zu besitzen scheint. Das Fell lugt hier und da noch zwischen den Stofffalten hervor, rot wie ihre Haare.

42

»Der Schuppen«, sagt Jora, weil Jora denkt, dass im Schuppen eine Schaufel sein muss, was für ein Schuppen hat auch keine Schaufel – aber ich bin dagegen. Ich möchte ihr sagen, dass ich dagegen bin, aber ich signalisiere es letztendlich nur wortlos, indem ich stocke und trödle und den Blick kaum hebe. Joras Sendemast empfängt das alles schließlich doch noch.

»Wovor hast du Angst?«

Angst, denke ich. Ich habe das hier nie für Angst gehalten, diesen Unwillen, die Regeln eines Lebens zu brechen, das ich ja gar nicht mehr führe. Das ganz eindeutig ins Gestern gehört. Aber um etwas eindeutig ins Gestern einordnen zu können, müsste ich erst mal in der Lage sein, das Gestern vom Heute zu trennen und vom Morgen erst recht, und das kann ich nicht, jetzt noch nicht, aber wie soll ich ihr das erklären, wie soll ich ihr erzählen, was wirklich passiert ist, wie soll ich das alles in eine Geschichte packen, der sie folgen kann?

Ich betrete den Schuppen nicht. Ingrid und ich, wir halten uns daran, wir betreten den Schuppen nicht.

Aber für Jora gelten andere Regeln. Sie schiebt den rostigen Eisenriegel zur Seite, als wäre sie schon mal hier gewesen und wüsste, wie das geht, die Tür klemmt bei ihr auch nicht, wie sie es bei August immer tut. Ich kann ihn manchmal von meinem Fenster aus beobachten, wie er die Heckenschere rausholt in dem zwecklosen Versuch, das Wuchern des Gartens noch aufzuhalten.

Als gäbe es da was zu zähmen.

Als wäre dieses Zähmen etwas Gutes.

Durch das dunkle, morsche Holz erreicht mich Joras Stimme: »Hey, das. Musst du sehen. Hier ist …«

Ich schaue nur widerwillig durch die Tür. Wünsche mir gleich, ich hätte es gelassen. Die Dunkelheit des Schuppens bewegt sich flatternd, umschwirrt sich selbst im Kampf um das wenige Licht, das durch das winzige, trübe Fenster noch ins Innere vordringt, macht die faulige, schwere Luft noch fauliger und schwerer. Die Falter sitzen überall. Auf der kleinen, engen Werkbank, auf dem Schemel, auf dem Wachs erloschener Kerzen, auf den Balken, auf den leeren Benzinkanistern, vor langer Zeit gekauft für einen Rasenmäher, der an unserem Garten gescheitert ist.

Ich weiß, warum ich manches hier nicht betrete.

Und Ingrids tadelnden Blick spüre ich bereits im Rücken.

Spuren und Fossilien auf der Werkbank, Vaters Schnitzmesser mit dem abgewetzten Holzgriff, ein paar von Großvaters alten, filigranen Werkzeugen aus angelaufenem Metall, leere

Zigarillopäckchen, Zigarrenkisten, der Gedichtband, aus dem Vater uns vorlas, damals, als er noch wusste, wie man liest, als er das noch konnte und wollte und wir noch gewillt waren, ihm zuzuhören.

Jora hebt das Buch auf. Motten zwischen den Seiten, die nun emporstäuben, auseinander, aufwärts. Die Seiten sind verquollen vom Regenwasser. Sie legt es weg, greift nach der Zigarrenkiste. Schiebt sie auf.

»Ein Schatz«, sagt Jora und dreht sich zu mir um. Sie lächelt, und fast bin ich ihr böse für dieses Lächeln, das hier so gar nicht hingehört, ihre Faszination gehört hier nicht hin, ihr vages Interesse, ihre Neugier, die soll sie behalten und am besten auch den kleinen Schlüssel mit dem runden Schaft, den sie zwischen den Seiten gefunden hat. »Für was ist der?«

»Weiß ich nicht.«

Ich schnappe mir die Schaufel und fange draußen an, eine Grube für den Fuchs auszuheben.

43

In unserem riesig-kleinen Haus klettern wir aus Ingrids Fenster, durch das sie früher immer entkommen ist, und erklimmen das Dach. Der Wind schlägt mir die Haare aus dem Gesicht. Ich mag das. Jora beschwert sich nicht. Da stecken noch die Zigarettenstummel zwischen den Ziegeln, es riecht nach Asche und längst vergangenem Regen, und ich denke an Ingrid und Marius, wie sie hier gesessen und gelacht haben, bis Vater sie erwischte.

Ich erzähle Jora davon.

Aber Jora ist sehr still seit der Sache mit dem Fuchs und dem Schlüssel. Den dreht sie in der Hand, ich weiß es, auch wenn ihre Jackentasche ihre Hand vor mir verbirgt.

Ich bin mit ihr still.

Es wird kalt. Sie drückt ihre Schulter an meine. Ihr Haar kitzelt meine Wange.

»Tut mir leid«, sagt sie. »Das mit dem Schuppen. Wenn du das nicht wolltest.«

»Es ist okay«, sage ich. Vielleicht ist es das ja, und ich weiß es nur noch nicht. Ich weiß vieles noch nicht.

Von hier oben sehe ich alles, was ich je gekannt habe, die Felder, die gepflasterten Straßen, die trüben Laternen wie Nachtlichter, die Motten im Licht, ich sehe das rote Giebeldach der Grundschule und den Kirchturm, der blechern seine Glocken zu uns rüberwehen lässt, den Wald, der sich schwarzblau seinen Weg in den Himmel zackt in der späten Dämmerung, und alles existiert in den Momenten, die ich von hier sehen kann, ich sehe die Zeit, die Zeit, die Zeit.

Ich sehe Joras Auto, mit dem Bettzeug im Kofferraum, und weiß, was ich sagen will.

Ich sage: »Du musst jetzt nicht zurück, weißt du.«

Sie sagt: »Es gibt auch. Eigentlich kein Zurück mehr.«

Unter den Balken liegen wir dann Rücken an Rücken. Ich starre in die Dunkelheit, bis ich nicht mehr weiß, ob meine Augen offen sind oder zu.

Sie ist ein Leichenschläfer, weiß ich jetzt. Sie rührt sich nicht, zieht nicht an der Decke, dreht sich nicht im Schlaf. Über dem Wind und allem, dem Gluckern der alten Heizung, der Bewegung in den Rohren, all den Knarzern und Seufzern und Schluchzern, die ein altes Haus so von sich gibt in einer windigen Nacht, kann ich sie nicht mal atmen hören.

44

Ich wünschte, ich könnte erzählen wie Vater. In langen Episoden, behutsam ineinander verwoben, immer stringent, immer zusammenhängend und fesselnd, ein Spinnennetz aus Geschichten. Aber ich kann's eben nicht. Wem der Sinn für die Zeit fehlt, dem fehlt auch der Sinn fürs Erzählen, aber man kann nicht *nicht* erzählen, das Erzählen brauche ich, das Erzählen brauchen wir, wir alle. Damit die Momente Sinn ergeben können. Damit die Menschen um uns herum Sinn ergeben können. Die Menschen brauchen eine Geschichte, sonst waren sie nie hier.

Mein Vater erzählte uns seine Geschichten. Bis ganz zum Schluss tat er das, als er nur noch im Schuppen hockte und auf dem Dachboden oder auf der Veranda, wenn es Nacht wurde, ansonsten wurde er stiller und stiller. Er erzählte bis zum Schluss, aber er erzählte weniger als früher. Manchmal betete er stattdessen. Ich weiß nicht, wofür, für uns, gegen sich, dafür, dass die Dinge sich änderten vielleicht. Oder dafür, dass sich nichts mehr änderte, dass es nicht schlimmer wurde, dass es verharrte in diesem Zustand, dass die Welt nicht noch schwerer wurde. Ich glaube aber, eigentlich wollten wir alle, dass die Dinge sich änderten, und sie würden sich ändern, aber keine übernatürliche Macht war daran schuld, schuld ist man immer nur selbst, ich glaube, mein Vater hat das auch gewusst. Er hat das gewusst, seit er ganz klein war.

Das verrieten mir seine Geschichten. Auch wenn ich das erst später begriff.

Und er betete dafür, dass die Wolken endlich schneller zogen.

Auf seinem Dachboden hausten die Monster, hausten die Motten, ich hätte mich nie nach oben gewagt. Wenn er über die Holzleiter wieder abwärtsstieg, trug er flimmernde, staubige, flatternde Luft mit sich, und die Motten hingen an den Dachschrägen, verdunkelten alle Fenster.

Ingrid verteilte unermüdlich Zedernholzkugeln im oberen Stockwerk. August half ihr nicht. August war in seinem Zimmer und tat so, als hätte sich sein Zimmer vom Rest des Hauses abgekoppelt wie ein Zugwaggon und schwebte jetzt in einem weiten, luftleeren Raum durchs Nichts.

Er glaubte nicht, dass auf dem Dachboden die Monster hausten. Das einzige Monster dort oben war für ihn Vater selbst, das wusste ich, einmal hat er mir das auch gesagt: »Du darfst dich nicht anstecken lassen.« Auch das sagte er mir. Und das bleibt hängen, immerhin hatte er mir sonst so selten was zu sagen.

»Mit was?«

»Mit allem«, sagte er, »mit allem. Mit seinen dummen Märchen und seinen dummen Lügen.«

»Vater lügt?«

»Vater sagt dir nicht die Wahrheit.«

Dann schlug er die Tür zu.

Wenn Vater auf der Veranda saß, brachte ich ihm oft ein Glas heiße Zitrone. Er sagte dann nichts, sah mich nur an. Seine Art, sich zu bedanken. Mit dieser Ruhe belohnte er mich.

Ich fragte ihn. Ob er mir nicht eine Geschichte erzählen wolle. Manchmal veränderten sich seine Geschichten mit der Zeit, er erzählte sie ein bisschen anders, gab den Figuren bekannte Gesichter, als hätte er erst lernen müssen, sich das endlich zu trauen, als würde ihn das entlarven. Er erzählte mir dann von meinen Großeltern, die ich nur aus diesen Geschichten kannte und die in seinen Geschichten mehr als Menschen waren. Vater, erzähl mir doch. Wie Großvater durch die Zeit reisen konnte, hin und her sprang zwischen längst vergangenen Momenten. Oder wie Großmutter die Blätter von den Bäumen stahl, als du noch klein warst.

Und vielleicht durchschaue ich von ganz allein, wie du das meinst.

Für mich fühlte es sich nicht wie lügen an, wenn er mir so etwas erzählte. Lügen, das ist, wenn man absichtlich etwas Unwahres sagt. Geschichten hingegen können Verstecke sein.

Ein andermal, sagte er, morgen, versprochen.

45

August lacht über etwas, das Ingrid gesagt hat. Die Treppe und die Wände schlucken ihre Stimmen fast vollständig, aber das Lachen höre ich, und ich höre Ingrids heisere Stimme. Zumindest denke ich erst, dass es Ingrid ist. Aber es kann nicht Ingrid sein. Ingrid steht neben meinem Bett und sieht mich an.

Worauf wartest du? fragt sie mich. Sie hört sich unheimlich weit entfernt an, als würde sie gegen den Wind ansprechen.

»Weiß ich nicht«, sage ich.

Ich lasse sie in meinem Zimmer zurück. Sie macht keine Anstalten, mir zu folgen.

Ich habe geschlafen, zumindest glaube ich das, ich erinnere mich daran, geträumt zu haben, aber nicht, wovon, aber das geht mir ja immer so, ich erinnere mich ja auch, schon so viel früher gelebt zu haben, aber nicht, was ich erlebt habe. Die Erinnerungen hängen in einem Sieb fest und tropfen ab.

In der Küche sitzen nicht August und Ingrid, sondern August und Jora, und jetzt sagt Jora etwas mit ihrer schweren, heiseren Stimme, die sie immer mit so viel Kraft hinter sich herschleppen muss, ich habe sie mit Ingrids verwechselt. Und August gluckst, er spricht von Musik, und Jora spricht auch von Musik, und als ich die Tür öffne, wünschen sie mir einen guten Morgen und sprechen weiter.

Ein bisschen sehen sie wie Freunde aus. August schenkt Jora Tee nach. An seiner Hand blitzt Vaters alte Quarzuhr mit dem braunen Lederband.

Ich setze mich dazu, wie man sich zu Freunden setzen würde. Wie ich glaube, dass sich Leute, die Freunde haben, zu Leuten setzen, die ihre Freunde sind. Ich verschränke die Arme auf dem Küchentisch und lege mein Kinn obendrauf und höre zu, wie ich glaube, dass man Freunden zuhören sollte. Habe das Gefühl, ich ahme jemanden nach, den ich gar nicht kenne.

Jora erzählt von ihren Geigenstunden und wie schlimm es klingt, wenn man zum ersten Mal Geige übt, als würde man das Parkett abschleifen, so klingt das, ihre Stiefmutter habe den Vergleich immer gezogen, und August schmunzelt darüber und redet von Vivaldi und den vier Jahreszeiten und dem verstimmten Klavier in unserem Wohnzimmer, das aus Apfelholz ist, und Jora sagt, dass ja bestimmt alles irgendwie aus Apfelholz ist hier, mit den Bäumen im Garten, und dass die Äpfel sogar schon schwer und reif wären, und dann sagt August, dass er und ich ja nie wüssten, was wir mit den ganzen Äpfeln anfangen sollten, und ich sage nicht, dass ich mit August noch nie ein Gespräch über die Äpfel hatte, wir lassen die Äpfel ja eigentlich in Ruhe. Irgendwann fallen sie halt von den Ästen und faulen uns davon.

Ich mag, dass August mit Jora spricht.

Ich mag, dass August mit Jora spricht, als hätte er Spaß daran, mit Jora zu sprechen.

»Ihr könntet sie einkochen«, sagt Jora.

Ich schenke mir Tee ein. Schaue August an. »Das würde Vater nicht wollen.«

August stellt seine Tasse neben meine, damit ich ihm ebenfalls nachschenken kann. Er weicht meinem Blick aus, finde ich. »Dann sollten wir's machen.«

46

Der Tag ist hell und wolkenlos. Ich hänge in den Ästen, lasse die Äpfel in den Blecheimer fallen. Ich mag das dumpfe Geräusch, das sie machen, wenn sie aufeinander landen. Oder wenn ich den Eimer verfehle und sie ins Gras kullern. Jora sammelt sie dann ein.

»Der Garten sieht uralt aus«, sagt sie.

»Ist er nicht«, sagt August.

August mag den Garten nicht. Das Wuchern und die Bäume mit ihren hölzernen Klauen und alles, was damit verbunden ist. Der Wald und der Boden hier, alles, was zu uns gehört – August mochte es noch nie. Als Kind mochte er den See. Nachdem Alice fort war dann nicht mehr. Er hat oft davon gesprochen wegzugehen, früher.

Das sagt er jetzt auch Jora.

»Du könntest ja wieder Klavier spielen«, sagt sie, ahnungslos. »Pianist werden. Oder so. In der Stadt.«

»Ja«, sagt August, »das könnte ich.«

Später stehen wir in der Küche über den schweren, gusseisernen Töpfen und kochen Apfelmus. Die Luft ist schwer und zuckrig. Ich schieße Fotos mit Marius' Kamera, die neuer ist und den Film elektrisch weiterzieht mit einem zarten, surrenden Geräusch, das das Klicken meiner eigenen Kamera nicht ersetzen kann.

August rutscht der Kartoffelstampfer aus der Hand. Das heiße Apfelmus tropft ihm einmal quer über die weißen Socken. Jora muss grinsen, hält sich aber vom Lachen ab, während er umhertänzelt und den Fuß ausschüttelt, als hätte sich daran etwas festgebissen – in Momenten wie diesen zweifle ich am meisten daran, dass auch nur irgendetwas echt ist auf der Welt.

»Hat sie dir gesagt, was sie hier will?«, fragt August, als Jora draußen die restlichen Äpfel zur Veranda trägt.

»Nein«, sage ich. »Ja. Sie ist weggelaufen.«

»Hierher?«

»Ja.«

»Sie sagt nicht die Wahrheit, weißt du. Zumindest nicht die ganze Wahrheit.«

August schaut mich an, als müsste ich böse sein, aber wie könnte ich. Er tut so, als würde von Jora eine Art Gefahr ausgehen. Sie sagt nicht die ganze Wahrheit. Niemand tut das jemals, sage ich ihm.

»Sie fragt viel«, sagt August. Das finde ich dann schon merkwürdig. Weil Jora mich nicht besonders viel fragt, sie behält ihre Neugier größtenteils für sich, habe ich gedacht, verschont mich damit. Anscheinend spart sie einen Teil davon für August auf.

»Was will sie denn wissen?«

»Dinge«, sagt August, »über uns. Über unsere Eltern. Wieso interessiert sie das?«

»Weil sie uns mag«, sage ich, fälle dieses Urteil ganz selbstverständlich. Jora muss uns mögen. Man bleibt nur an Orten hängen, die man mag.

»Du magst sie«, sagt August. Auch nur ein Urteil.

»Du magst sie auch«, sage ich.

Er ist still.

Er sagt: »Dann beherbergen wir jetzt also Lügner?«

Ich sage: »Lügner beherbergen immer andere Lügner.«

Damit hat es sich. Lügner finden immer zu anderen Lügnern, am Rand unserer Welt.

47

Es würden immer nur wir sein, hatte ich gedacht. Vater und Mutter und August und Ingrid und ich, und die verwaschenen Erinnerungen an Alice. Das, was uns verlassen hatte, schien im Haus ohnehin mehr Präsenz zu besitzen als alles, was tatsächlich noch da war. Und ich brauchte keinen Namen. Einen Namen brauchen die Unbekannten, die Fremden und Neuen, die erst erkannt und definiert werden wollen, die herausstechen müssen aus der Masse. Einen Namen brauchen alle, die erst integriert werden müssen und nicht wissen, wer sie sind, wenn man sie nicht irgendetwas nennen kann.

Ich wollte keinen Namen brauchen.

Denn Vater und Mutter wussten, wer ich war, und August erkannte mich nach und nach, und Ingrid brachte mir bei, wer ich war und sein könnte, und meine Suche nach mir selbst brauchte keine Überschrift, hier, am äußersten Rand der Welt. Niemand sonst würde je zählen, wusste ich. Alle, die sonst hätten zählen können, waren längst tot. Ich wollte keinen Namen brauchen. Ich wollte niemanden um einen Namen bitten müssen.

Aber jetzt.

Aber jetzt.

Jetzt wünsche ich mir, ich hätte einen Namen, bei dem jemand wie Jora mich nennen könnte.

48

Ich war fünfzehn, und ich wusste, Vater ging es nicht gut. Nachts hörte ich Geräusche vom Dachboden. Ich wünschte mir, in Mutters Bett kriechen zu können, aber Mutters Seite des Bettes war leer und kalt, und wie August und Ingrid lernte ich nach und nach, gerade wütend genug zu sein, um mir einzureden, dass ich sie gar nicht mehr hierhaben wollte.

Wenn ich stattdessen an Ingrids Tür klopfte, sagte die mir, ich wäre kein kleines Kind mehr, womit sie recht hatte, und dass ich niemanden brauchen durfte, womit sie unrecht hatte. Glaube ich zumindest. Ich glaube, es ist in Ordnung, jemanden zu brauchen.

Die Pflanzen in meinem Zimmer ließ ich verkümmern in dieser Zeit. Sie hinterließen nur noch einen fauligen, feuchten Geruch.

Dieser Geruch weckte mich in der letzten Nacht. Das war noch nicht die allerletzte Nacht, die allerletzte Nacht kam später, in der letzten Nacht richtete ich mich auf und spürte einen Schmerz im Rücken, und da wusste ich, etwas war nicht in Ordnung. Wenn etwas nicht in Ordnung ist, spüre ich das im Rückgrat. Ich schlurfte die Treppen runter, der Morgen war noch nicht da, der Morgen klopfte gerade erst an die Tür. In der Küche brannte Licht.

Ich wollte die Verandatür schließen, das Licht würde nur die Motten anlocken, aber auf der Veranda saß Ingrid allein, rauchte Zigarette um Zigarette und starrte raus ins Dämmerlicht.

Ich fragte sie, was los ist.

Sie antwortete mir nicht.

In unserer Familie lernt man zu wissen, wann etwas nicht stimmt. Das ist ein untrüglicher Instinkt, erlernt von all denen, die das Unglück kennen und die Angst und die Traurigkeit, die man nicht ausschalten kann. Weil sie dazugehören, ein so elementarer Teil des Lebens sind, dass man sie besser kennt als alles, was Freude bringt oder dieses Gefühl von Glück, das ich zwar kenne, aber nicht allzu gut. Nicht so, wie man einen Freund kennt, eher einen flüchtigen Bekannten. Jemand, dem man einmal begegnet ist, aber den man nicht wiedererkennt, weil er eine Kapuze getragen hatte. Ich wusste, dass wieder etwas passiert war, ich bereitete mich vor, wie man sich auf einen Sturm vorbereiten würde, als ich mich neben Ingrid setzte, der Wind schlug mir den Zigarettenqualm ins Gesicht, ihre schwarze Schminke war zerlaufen. Sie weinte nicht mehr.

Wir beschlossen, dass das Weinen jetzt hinter uns liegen würde.

»Ist er …«

»Ja.«

Ich wusste es längst. Drinnen fehlten seine dicken Wanderstiefel, seine abgewetzte Lederjacke. Vor der Haustür lag ein toter Vogel. Und ich konnte rein gar nichts tun.

Man kann nie etwas tun, wenn Leute irgendwann einfach gehen.

»Egal«, sagte Ingrid energisch, sie überzeugte mich, sie überzeugte sich selbst. »Spielt keine Rolle.«

Natürlich spielte es eine. Aber in diesem Moment wollten wir das nicht sehen.

Mutter hatte auf den Anrufbeantworter gesprochen. Eine Geisternachricht. Es war besser zu vergessen, dass unsere Mutter immer noch da draußen war und die Macht besaß, zurückzukehren, im Gegensatz zu so vielem anderen. Wie es uns denn ginge, wollte sie wissen. Schlecht, aber das sagten wir ihr nicht. In drei Wochen könnte sie übers Wochenende nach Hause kommen. Zu spät, aber das sagten wir ihr nicht.

49

Ein und derselbe Apfelbaum kann saurere und süßere Äpfel tragen, denke ich. Ich sage es Jora, die lächelt und sagt, das hätte nichts mit dem Baum zu tun, das wäre nur der Reifegrad der Äpfel. August sagt, es wäre beides. Er füllt die letzten Tropfen Apfelmus in ein Einmachglas, seine Hände stecken in den dicken Topfhandschuhen unserer Mutter, die mit den Kirschen drauf.

Wir sitzen zusammen und atmen die dicke, süßlich-schwere Luft. Draußen fängt es an zu regnen, spitze Tropfen wie Nadeln gegen die Fenster, die Scheiben noch staubverschmutzt vom vergangenen Sommer.

Jora sagt zu August: »Spiel uns doch was.«

Sie deutet auf das Klavier im Wohnzimmer. Ich bewundere sie für ihren Mut.

In Augusts Gesicht zuckt es. Die Haut um seine Augen, seinen Mund erscheint so dünn, so durchscheinend, die winzigste Bewegung ist sichtbar, darunter fein die Adern wie eine blaue

Flusslandschaft. Es fällt mir leicht, mir August in vielen Jahren vorzustellen. Wie die Zeit ihn schrumpfen und in sich zusammenfallen lassen wird, manchmal flimmert und blitzt der alte Mann in ihm bereits durch, wenn er sich bewegt.

Er sagt: »Ein andermal vielleicht.«

Er schenkt sich ein Glas Schnaps ein. Bietet Jora etwas davon an, mir nicht, und Jora lehnt ab. Dann sitzen wir nur dort, als hätten wir den ganzen Tag nichts anderes getan.

Später führe ich Jora ins Schlafzimmer meiner Eltern. Die schwermütigen Ölgemälde an den Wänden, die Schrankwand, die Eichenmöbel, die Bettwäsche aus Leinen, unberührt, der Geruch nach Staub und Rosmarin, den Mutter früher in Bündeln vor die Fenster gehängt hat, Jora nimmt alles in sich auf, als würde sie dieses Zimmer nur ein einziges Mal betreten dürfen. Als würde es ihr danach für immer verschlossen bleiben. Der Dielenboden knistert wohlig unter ihren Schritten, als hätte auch er auf sie gewartet.

»Bist du sicher?«

»Ja«, sage ich, »mein Vater ist fort. Meine Mutter eigentlich auch, weißt du.«

Sie weiß es. Bei ihr ist es ähnlich.

Ich weiß es.

Sie sagt: »Von deiner Mutter redest du nie.«

Ich sage: »Von meiner Mutter kann man nicht reden.« Ich führe nicht weiter aus, dass *man* das vielleicht schon kann, ich aber nicht. Wenn ich von meiner Mutter rede, fühlt sich das oft so an, als würde ich jemanden beschreiben, den ich nur über drei Ecken kenne, oder überhaupt nicht. Eine Nicht-

Person. Ein leerer Umriss da, wo mal ein Mensch gewesen ist.

Aber wie soll ich das Jora erklären. Ich kann Jora nichts erklären. Ich kann nur warten, bis Jora sich irgendwann erklärt, und in ihrem Erklären finde ich dann vielleicht etwas, woran ich anknüpfen kann. Niemand will die eigene Geschichte in einen weiten Abgrund rufen müssen. So funktioniert das nicht.

»Von deiner Mutter redest du auch nicht«, stelle ich fest, »weder von deiner Stiefmutter noch von der anderen.« Ich beobachte sie, beobachte sie genau, wie sie sich aufrichtet und zu mir umdreht.

»Stimmt«, sagt sie. Schweigt und wendet mir gleich wieder den Rücken zu. Will nicht weiter darüber sprechen, das weiß ich. Vergangenheit, Befangenheit, all so was.

Ich schaue mich nach Ingrid um, sehe sie aber nicht. Sie hat sich den ganzen Tag lang versteckt.

Jora stellt ihre Tasche neben das Bett, zieht ihren Pullover aus. Dann legt sie den kleinen Schlüssel, der aus Vaters Gedichtband gefallen ist, vorsichtig auf den Nachttisch.

Ich wünsche ihr eine gute Nacht.

50

In der Nacht träume ich. Die Nacht ist stürmisch, meine Träume auch. Ich kenne diese Art von Träumen schon, diese zusammenhanglosen, wilden, blutigen Fetzen, die nur einem ganz zerdrückten Kopf entspringen können, da ist das Wasser, und ich bekomme keine Luft, da ist Ingrids augenloses Gesicht, da ist mein Vater, er legt totes Gefieder auf meine Laken. Und dann die Bäume im Garten, die wachsen und wachsen, bis sie über unser Dach ragen, bis sie das Haus fast ganz verschlingen, die Äste schlagen durch die Fensterscheiben. Und dann verändert sich der Traum.

Allein auf den Straßen Wilmers, die ich kenne und doch gar nicht kenne, die in Sackgassen enden und mich tiefer und tiefer in eine Dunkelheit führen, die überall wuchert wie monströses Unkraut, nasskaltes Moos an allen Ecken und Enden; und dann ist da der Fuchs auf einem fremden Bürgersteig, und dem folge ich, rotes Fell verschwindet hinter Häuserecken, rotes Haar verschwindet im Dickicht des Waldes, rotes Herbstlaub fällt in Massen herab, begräbt mich unter sich, fast bin ich einverstanden damit.

Und dann schlage ich die Augen auf und sehe Ingrid im Türrahmen.

Sie sagt etwas. Ich verstehe sie nicht.

Sie wiederholt sich. Ich verstehe kein Wort.

Ich folge ihr raus in den Flur.

In einer der Nächte, als es hier so schlimm gestürmt hat, vor vielen Jahren, waren wir zusammen in meinem Zimmer, Ingrid und ich. Wir haben Memory gespielt. Ich schlug sie dreimal in Folge, das lenkte mich ab. Ich fürchtete mich vor dem Sturm. Aber ich war gut im Memory.

Sie fürchtete sich nicht.

Sie stand dann am Fenster und sah dem Gewitter beim Wüten zu. Ich hätte ihr gern gesagt, dass sie da weggehen sollte, dass es die Eiche am Saum des weitläufigen Grundstücks der Meißners umhauen könnte, aber natürlich sagte ich nichts. Ich schaute sie nur an. Sie presste das Gesicht gegen die Scheibe, atmete das Glas ein und aus.

Wenn ich mich heute an die Scheibe stelle und sie anhauche, sehe ich den Abdruck noch immer. Weil das Glas sich ebenfalls erinnern kann. Und ich glaube auch fast, Ingrid hat mich gewinnen lassen, damals. Im Memory.

51

Der Sturm rüttelt auch jetzt an unserem Haus, das mir früher einmal standfest und sicher vorgekommen ist wie eine Festung, aber jetzt nicht mehr, jetzt wirkt es zerbrechlich und baufällig auf mich.

Ich will nach Ingrids Hand greifen, aber ich erreiche sie nicht. Sie dreht sich nach mir um.

Was will sie, fühlt sie sich verraten? Sie spricht kaum noch mit mir. Und was sie sagt, kommt nicht bei mir an.

Was machst du dir vor, lese ich ihr von den Lippen ab, *was machst du dir vor, was machst du dir vor, was glaubst du, was passieren wird.*

Der Flur dreht sich ein wenig, der Boden wankt unter meinen nackten Füßen.

»Gar nichts«, sage ich, »gar nichts.« Alles, was nur hätte passieren können, ist doch längst passiert, oder? Was soll schon noch kommen? Darüber haben Ingrid und ich doch so oft gesprochen, über die Unmöglichkeit all diesen Unglücks, das uns heimgesucht hatte, die pure Unwahrscheinlichkeit und wie wenig wir dagegen tun konnten – wir können rein gar nichts tun. Wir können nur hier sitzen und uns sagen, dass es besser werden wird und muss und auch nur kann.

Eines Tages wird es anders sein, ganz sicher.

Ich sage: »Alles ist bereits passiert.«

Ingrid sagt: *Ich glaube, ich möchte gehen.*

Ich sage: »Das kannst du nicht.«

Wieso nicht, will sie wissen.

Ich sage: »Weil ich das nicht ertragen könnte.«

Sie sagt, dass das nicht stimmt.

Ich sage nichts mehr.

Hinter mir ist die Schlafzimmertür aufgegangen, Jora steht im Türrahmen und schaut mich an. Ihre Haare sind ganz wirr. Und ich stehe dort und starre sie an und weiß, jetzt wird sie mich gleich fragen, was ich hier mache, so mitten in der Nacht, was denn los wäre, mit wem ich denn bitte gesprochen hätte, ob ich schlafwandeln würde oder so. Und ich könnte ihr das nicht nachtragen, ich müsste es über mich ergehen lassen und die Wahrheit sagen und am Ende doch daran scheitern, weil es Wahrheiten gibt, die niemand verdient haben kann, das glaube ich. Daran glaube ich fest.

Jora sagt, sehr leise gegen den Donner draußen über den Dächern: »Willst du allein sein?«

Und ich sage: »Nein.« Weil es Leute gibt, die sie vielleicht trotzdem verdient haben, die Wahrheit.

Jora streckt mir die Hand hin, und fast schlage ich sie aus, instinktiv, weil ich Ingrids nicht fassen konnte. Aber Joras

Hand ist da, sie ist warm und rückt nicht weg, als ich danach greife.

Dann liegen wir unter der Decke, die wärmer ist als meine, die so gar nicht mehr nach meinen Eltern riecht, sondern nur noch nach ihr, und sie rückt probeweise näher an mich ran, testet aus, ob ich sie lasse, und ich lasse sie, natürlich lasse ich sie, meine Augen sind feucht, mindestens so feucht, wie ihre immer aussehen, und ich muss an Ingrid denken, immer an Ingrid, und was wäre, wenn Ingrid mich tatsächlich verlassen würde, diesmal endgültig, wenn ich hier allein wäre mit August und dem Haus und den Bäumen und allem, woran ich mich erinnern kann und muss und manchmal nicht mehr will, der Angst und den Motten, den Motten, den Motten; und weil ich nicht weinen will vor Jora, weil ich das nicht kann, vergrabe ich mein Gesicht im Kopfkissen und lasse nicht zu, dass mein Körper bebt vom vielen Bloß-nicht-weinen-bloß-nicht-weinen …

Joras Stimme ist an meinem Ohr. »Es ist okay.«

Das ist es nicht, jetzt nicht, noch nicht. Aber irgendwann wird und muss es das sein. Ich sage nichts. Ich presse die Augen zusammen, wünsche mir für einen Moment, ich könnte stumm und blind und taub werden und nichts mehr wahrnehmen.

»Sie fehlt dir sehr. Ja. Und nicht nur sie.«

Eine Feststellung. Sie weiß, wovon sie spricht.

Ich brauche eine Weile, um mich zu beruhigen, ich atme das Kissen ein und aus, bis mir schwindlig wird, bis Ingrid nicht mehr alles ist, woran ich denken kann, und dann kann ich auch den Kopf heben und Jora anschauen, die da neben mir liegt, auf dem Bauch, den Oberkörper auf die verschränkten Arme gestützt, und nichts mehr sagt.

»Verstehst du's?«

Ich weiß selbst nicht, wieso ich das frage, was das bringen soll. Jora sieht mich an und nickt.

Ich lege nach: »Wie es ist, wenn ...«

»Ja«, sagt Jora, »bei mir ist auch niemand mehr da. Weißt du.«

Das tue ich. Es fällt mir erschreckend leicht, es zu erahnen. Man läuft immer nur dann davon, wenn von etwas zu viel da ist oder etwas vollkommen fehlt, und bei Jora muss etwas fehlen, bei Jora muss wirklich etwas fehlen. Da umgibt sie etwas, das sie allein nicht ausfüllen kann. Aber ich kann nicht sagen, ob Mütter oder Väter oder Stiefmütter diese Leere zurückgelassen haben.

»Und das mit dem Namen«, sagt Jora. »Ist okay. Ich weiß das. Wie das sein kann. Mit Namen. Wenn man bezeichnet wird. Und niemand einen fragt. Wer man ist. Wenn man die anderen bitten muss. Das zu entscheiden. Wenn man es sich nicht aussuchen kann.«

»Kann man nie«, sage ich.

»Man kann sich gar nichts aussuchen«, sagt Jora. »Aber das heißt auch. Dass man an vielem nicht schuld ist.«

»An manchem bin ich schuld«, sage ich, würge es raus, über den Kloß in meinem Hals hinweg. »An manchem bin ich schuld, wirklich, manches habe ich getan, vieles wäre nicht passiert, wenn ich nicht wäre.«

»Das glaub ich nicht«, sagt Jora.

Wie kann sie denn. Wie soll sie denn. Aber ohne mich hätte das Eis Alice getragen. Alice sollte es noch geben, mich nicht. Ich will nicht von jemandem übrig sein. Ich hätte wirklich untergehen sollen, denke ich, dann wäre eine Bürde genommen worden von allen um mich herum, ein Problem weniger, denke ich, und ohne mich wäre das mit Ingrid nicht passiert. Wenn ich anders gewesen wäre, klüger und besser, stärker, ja, ich spreche sie mir zu, eine gewisse Macht, und wer irgendeine Form von Macht hat, der hat auch immer eine Form von Schuld. Das kann Jora wissen. Das muss Jora wissen, Jora muss jemand sein, der so etwas weiß.

Ich sage bloß: »Ich kann's nicht mehr ändern.«

Und sie sagt bloß: »Nein.«

Es gibt Wahrheiten, die niemand verdient haben kann. Daran glaube ich, ja. Daran glaube ich fest.

Danach sind wir still, sehr lang, und lauschen dem Gewitter. Es wird schlimmer, bevor es sich schließlich allmählich entfernt, ich zähle die Sekunden zwischen den Blitzen. Ich schaue zu Jora und glaube, sie tut das Gleiche.

»Jora. Kann ich dich was fragen?«

Sie will nichts gefragt werden. Nie will sie groß was gefragt werden, zumindest keine großen Fragen, keine Fragen, die wehtun könnten, das sehe ich ihr an. Ich sehe ihr auch an, dass sie es mir trotzdem erlauben wird, auch diesmal, und das rüttelt wieder etwas wach in mir, ein Flügelschlag, zwei, drei, am Ende zu viele.

»Okay«, sagt sie leise, »frag.«

Ich grabe absichtlich nicht tief. Noch ist die Erde weich und locker, ich will nicht zu schnell auf Schichten stoßen, die ich nicht durchbrechen kann. Darum frage ich sie: »Wieso redest du so komisch?«

Erleichterung in ihren Augen. »Ich hab als Kind. Echt richtig böse gestottert. Und so ganz weggegangen ist es nie.«

Draußen zieht das Gewitter auf und davon.

52

Bei manchen Geschichten weiß man nicht, woher sie kommen. Sie scheinen so wenig in der Realität verwurzelt, dass man glauben möchte, man könnte sie ausreißen, einfach so, ohne Anstrengung, aber dann versucht man es, und sie sind in Wahrheit fest verwurzelt, reichen tief verzweigt in die Erde. Und das sind die wirklich gefährlichen.

Mein Vater erzählte früher eine Geschichte über ein Mädchen, das mit seiner Stimmung das Wetter ändern konnte. Am Ende der Geschichte wird das Mädchen so wütend, es löst sich in einem Wirbelsturm auf und ist verschwunden.

Viele von Vaters Geschichten enden so. Immer ist am Ende jemand verschwunden. Solang ich mich erinnern kann, habe ich mich vor diesen Enden gefürchtet.

Als er mir diese Geschichte einige Male erzählt hatte, war ich überzeugt, dass etwas anderes dahinterstecken musste, dass dieses andere zweifellos er selbst war, er, der ja wütete, der die Stürme aufziehen und wieder zur Ruhe bringen konnte, er, der hier alles beherrschte, der das Wetter bestimmte unter unserem Dach. Ich wusste, er wollte mir etwas ganz anderes sagen. Ich wusste, es gab etwas zu entschlüsseln.

Aber Ingrid, die ihm da schon lang nicht mehr zuhörte, wusste es besser: Das sei keine Geschichte. Das sei eine Drohung. An sie, an uns alle, aber vor allem an sie.

»Du musst aufhören«, sagte sie, »du darfst dir von ihm keine Angst mehr einjagen lassen.«

Als wäre sie nicht auch längst zu jemandem geworden, der mir Angst machen konnte.

Aber ich hatte etwas begriffen.

Die Leute werden immer Wege finden, sich und ihre Welt zu erzählen, und nach den Wurzeln einiger Geschichten muss man unendlich tief graben. Und riskieren, etwas zu finden, das man vielleicht nicht finden wollte.

53

Vater war fort.

Vater war fort, und ich bekam eine Ahnung, dass es jedem von uns so gehen, dass jeder von uns eines Tages verschwinden würde, und das spielte eine Rolle, auch wenn Ingrid das Gegenteil behauptete. Sie verordnete uns das Schweigen wie ein Medikament, das wir zu jeder Mahlzeit einzunehmen hatten. Also schwiegen wir um die Wette und aneinander vorbei, forderten uns heraus, wer länger wegschauen konnte, wer länger den Mund halten konnte, jeder von uns und niemand gewann diese Wettkämpfe, wir hatten uns unendlich viel und rein gar nichts zu sagen, ich glaube, wir waren bloß müde.

Kommt er zurück? fragte ich Ingrid dann doch.

Niemand kommt zurück, sagte sie.

Am Telefon beschwichtigte sie unsere Mutter, schüttelte sie ab – nein, wir kämen zurecht, wir wären immer irgendwie zurechtgekommen, dass er fort war, das wäre etwas Gutes. Na ja, das vielleicht nicht, aber es würde an diesem Punkt sowieso keine Rolle mehr spielen.

Das musste unsere Mutter einsehen, sagte sie mir.

Ich fragte: Wo ist er jetzt, was glaubst du?

Sie fuhr mich an. Weil es sowieso keine Rolle mehr spielte. Das musste ich einsehen.

Ich fragte: Sollten wir nicht irgendwas tun?

Sie schaute mich an, als hätten meine Traurigkeit und meine Fragen hier keinen Platz, und ich auch nicht, wenn ich daran festhalten wollte. Also tat ich, als könnte ich sie loslassen.

Ohne Vater wurde Ingrid der Sturm, vor dem er sich so gefürchtet hatte, zumindest zu Beginn. Sie wehte und tobte durchs Haus, scheuchte uns herum, August und mich, verlangte, dass wir in Bewegung blieben. Wenn sie hier war, räumte sie auf, wischte Staub, verschob die Möbel, öffnete die Fenster, kochte das Obst aus dem Garten ein, füllte Marmelade und Kompott in Einmachgläser, versuchte, mit ihrem Elan etwas zu vertreiben, das nicht zu vertreiben war. Das Etwas war nämlich schon viel länger im Haus als wir. Und ich hatte den Verdacht, dass es mit Vaters Verschwinden endgültig zu verrotten begonnen hatte.

Am Anfang vergaß ich hin und wieder, dass er fort war. Ich bildete mir ein, auf dem Dachboden seine Schritte zu hören, roch Phantomzigarrenqualm auf der Veranda, duckte mich, wenn ich jemanden in der Diele hörte, und glaubte, gleich würde er um die Ecke kommen und in mich hineinlaufen. Aber Vater war nicht mehr auf dem Dachboden, und er rauchte nirgendwo, und er begegnete keinem von uns. Weil er fort war. Das hatte ich nicht anzuzweifeln.

Und ich war dumpf und leer, das Haus war dumpf und leer und größer denn je, ein toter, verrottender Hohlkörper am Rande unseres Ortes, der keinen Zweck mehr erfüllte. Irgendwas verwest hier, dachte ich immer wieder, irgendwas stirbt.

August verließ sein Zimmer kaum noch. Ich dachte, ohne Vater müsste er sich doch eigentlich freier fühlen, sich endlich durchs Haus bewegen können, ohne sich zu ducken, aber das tat er nicht. Er baute sich in sich selbst ein Versteck, einen Bau, in dem er sich verkroch und den selbst Ingrid nicht erreichen konnte. Und ich begriff aufs Neue, wie wenig wir einander wirklich verstanden. August hüllte sich selbst und uns alle in gespenstische Stille; manchmal spähte ich durch die Küchentür, wenn er sich in der Nacht nach unten wagte und ich nicht schlafen konnte, dann stand er minutenlang dort und bewegte sich nicht, dann kochte er Tee, dann aß er zögerlich ein Schälchen Joghurt und konnte doch nichts bei sich behalten. Ich wollte Ingrid davon erzählen, aber sie hatte sie nicht mehr für mich, die Aufmerksamkeit von früher, hatte weniger Zeit, weniger Platz für mich in ihrem Kopf. Sie rauschte durchs Haus, machte all den Lärm, den Mutter nie gemacht hatte, den eigentlich keiner von uns je gemacht hatte, und wenn sie nicht da war, war sie draußen in ihrer Parallelwelt mit Marius. Sie scheuchte alles auf und ließ uns damit allein. Es tat mir weh.

Ich sagte ihr nichts davon.

Ich wusste, alles verrottet. Auch ich selbst. Ich träumte davon, mich in trübem Wasser aufzulösen wie ein Algengewächs und zwischen den Dielen zu zerlaufen. Wo ohnehin alles verrottete. Bestimmt hatte Vater das längst gewusst. Bestimmt war er deswegen fort.

Der Gedanke nistete sich in meinem Kopf ein und verpuppte sich, verwandelte sich allmählich in etwas, das mich müde machte und nervös; alles hier verrottete. Ich bekam ihn nicht mehr aus der Nase, diesen Geruch nach Verwesung, vielleicht bildete ich ihn mir ein, vielleicht kamen die Motten mich holen, fast schon wünschte ich sie mir herbei, sie sollten mich von innen heraus befreien, wegfressen, was ich nicht mehr ertragen konnte. Ich schlief nicht. Ich wollte wach sein, fluchtbereit, falls etwas passierte. Obwohl ich nicht wusste, was noch passieren sollte. Obwohl ich nicht wusste, wohin ich hätte flüchten können. Wir hatten keine Verwandten übrig, und Mutter wollte ich nicht mehr sehen. Sie war mir so fern geworden, ich las ihre Briefe nicht, ich reagierte nicht auf ihre Anrufe, sie hatte uns genauso verlassen, sich selbst uns weggenommen, und es fiel mir leicht, sie zu hassen, jetzt, wo mich niemand mehr daran hindern wollte, nicht einmal so halbherzig, wie Vater es früher getan hatte. Ingrid diktierte uns diese Einigkeit – wir brauchten sie alle nicht. Wir reichten uns aus.

Alles, alles verrottete.

In der Nacht durchstreifte ich das Haus und den Garten, suchte in allen Ecken und Enden nach toten Vögeln, nach Kadavern unter den Dielenbrettern, in den Küchenschränken, im Keller, der sonst chemisch nach Waschmittel und nach Feuchtigkeit roch, jetzt tötete der ständige Verwesungsgeruch in meiner Nase das alles. Die Quelle fand ich nicht. Was auch immer hier starb, ich würde es sowieso nicht ins Leben zurückholen können. Niemand konnte das. Ich zählte die Türen im Haus. Ich zählte die Fenster. Nichts machte irgendetwas besser. Ich schmiss die letzten meiner Pflanzen auf die Straße, der Geruch der feuchtkühlen Erde bekam mir nicht mehr. Ich hatte sie ohnehin alle überwässert. Ich lief aus.

Wenn ich schlief, träumte ich schlecht. Von dicken, weißen Maden, die sich auf meiner Haut bewegten, nur dass es sich nicht anfühlte wie meine Haut, ich war bloß unbeweglich gefangen in diesem Körper und spürte ihn nicht. Ich beobachtete nur unbeteiligt und mit einer Faszination, die beim Aufwachen verflogen war, wie er sich zersetzte.

Ich dachte an eine von Vaters Geschichten, in der ein alter Mann zum Sterben hinausgeht, in Moos und Pilzen und Wurzelwerk einsinkt, und statt zu sterben einfach eins mit dem Waldboden wird. Begriff weniger denn je, warum er uns oder sich selbst jemals so etwas erzählt hatte.

Beim Aufwachen war mir schlecht und schwindlig. Ich lag auf dem Boden und hatte Angst, wieder einzuschlafen.

Lebendig, tot, lebendig, tot, lebendig, tot. Woche um Woche um Woche.

Irgendwann kam Ingrid zu mir. Sie sorgte sich am Ende dann doch. Ob ich nicht spazieren gehen wollte, aber ich wollte nicht. Ob ich ein Stück Apfelkuchen haben wollte, aber ich wollte nicht. Ob ich nicht zu einem Arzt wollte, aber ich wollte nicht. Ich mochte keine Ärzte, Vater hatte Ärzte gemieden, jetzt mied ich sie auch. Das war das Erbe, das ich ihm freiwillig zugestand.

Du bist krank.

Ja, wir alle, wir alle.

Und dann wieder: Es fehlt uns doch an gar nichts.

Uns fehlt nicht mehr als das, was uns sowieso schon immer gefehlt hat.

Ich hörte auf, zur Schule zu gehen. Das störte Ingrid dann eindringlicher in ihrem trotzigen So-tun-als-ob, diesem Spiel, das sie mehr mit sich selbst spielte als mit August oder mir. Erst versuchte sie, mich zu zwingen, sagte, dass wir nur alles wieder in Ordnung bringen könnten, wenn sie und August arbeiteten und ich zur Schule ging. Normalität, der Rhythmus der geregelten Welt, die ich längst verlassen hatte, zu der ich vielleicht nie gehört hatte, keiner von uns, uns fehlte es an Dingen, die wir gar nicht benennen konnten, und nein, ich wollte nicht zur Schule. Eine Weile log ich. Gab vor, morgens den Bus zu nehmen, wenn ich mich eigentlich nur in die Wälder verkroch und las, manchmal auch nicht las, manchmal nur dort saß und starrte, manchmal nachdachte, manchmal nicht.

Existieren, existieren, existieren.

Du musst durchhalten, sagte Ingrid.

Und dann? fragte ich.

Ich erzählte ihr irgendwann von der Nacht, als Vater den toten Vogel in mein Bett legte und mich bat, ich möge ihn ins Leben zurückholen, ich, die das ja könnte, und ich erzählte ihr nicht, wie viel Angst er mir gemacht hatte, das verschwieg ich. Ich wollte nicht schwach wirken, wo sie mich doch so schon für sehr krank und schutzbedürftig hielt.

Ingrid sagte erst nichts.

Dann aber sagte sie: Da war ein Specht auf der Veranda. Damals. Da warst du klein.

Ingrid sagte: Du hast ihn dort gefunden, früh am Morgen. Und geweint, weil er dalag wie tot. Aber dann hast du dich neben ihn gekniet, und da schlug er mit den Flügeln und flog auf und davon.

Ingrid sagte: Da hat Vater gedacht, das wärst du gewesen.

Ich sagte lange gar nichts.

Dann sagte ich: Der Specht war wahrscheinlich gar nicht tot.

Ingrid sagte: Das ist eine Seite der Wahrheit, ja.

Vater hatte nicht an Zufall geglaubt. Das mussten wir uns nicht erzählen, das hatten uns seine Geschichten erzählt, in denen es so oft um Schicksal ging, um Vorsehung, um unvermeidbare Unglücke. An Zufall zu glauben war ein Luxus, den unser Vater sich nicht hatte leisten können.

Es gibt keine zwei Seiten, sagte ich, die Wahrheit ist die Wahrheit.

Ingrid schüttelte den Kopf. Wahrheiten hat man für sich allein, sagte sie.

Als ich begriffen hatte, was sie mir damit sagen wollte, glaubte ich ihr auch. Solang wir Herr über unsere Wahrheiten sind, sind wir auch Herr über uns selbst. Vater hatte seine Wahrheit gehabt und seine Geschichten. Und in Vaters Wahrheit, da konnte ein Kind wie ich mit seiner Begeisterung für die Welt als Ganzes die Dinge ins Leben zurückholen, und Ingrid ließ die Stürme toben, und er hatte die Finger an der rechten Hand auf magische Weise verloren und nicht durch einen Unfall, den er als Junge gehabt hatte. Das war Vaters Wahrheit. Es gibt Wahrheiten, die müssen wir uns selbst erschaffen. Sie uns erzählen, bis wir sie glauben, und die anderen auch. Egal, wie schmerzhaft das ist.

Ich war sechzehn und glaubte, ich hätte verstanden. Auch wenn ich nicht wieder lebendig machen konnte, was tot war, nichts und niemanden vom Sterben abhalten konnte. Vater hatte seine Wahrheit selbst erschaffen, dachte ich, und jetzt war er davongelaufen und hatte sie uns hiergelassen.

Ich hasste ihn dafür, aber es war ein anderer Hass als der, den ich für Mutter hatte. Es schwang mehr Angst mit als Wut, mehr Verständnis als Unverständnis, aber letztendlich traf alles aufeinander, der Hass auf die Angst, die Angst auf die Wut, und mit dem Verwesungsgeruch in der Nase verstand ich, dass ich meine Eltern für das, was sie uns weggenommen hatten, nicht verachtete.

Ich hasste sie für das, was sie zurückgelassen hatten.

Und ich sagte zu Ingrid, dass das Alice gewesen sein musste, das mit dem Specht. Ich wollte damit rein gar nichts zu tun haben.

54

Ich wache im Bett meiner Eltern auf, allein. Es ist schon nach Mittag. Joras Betthälfte ist noch warm, kurz rolle ich mich rüber und vergrabe das Gesicht in ihrem Kopfkissen, es riecht nach ihr, irgendwie erdig und irgendwie vertraut und irgendwie gut, und ich denke, dass ich jetzt zum ersten Mal den Geruch kenne, wirklich kenne von jemandem, mit dem ich nicht verwandt bin, und wie komisch das ist. Und wie gut.

Das Bettlaken hat Wellen geschlagen, dort, wo Jora gelegen hat, ich fahre die Muster mit den Fingern nach. Dann streiche ich sie glatt.

Ich habe Erfahrungen mit Rissen und Mustern. Weil meine Welt so oft zerfallen ist und neu zusammengesetzt werden musste wie eine zerbrochene Vase. Weil ich Muster gut und sicher fand und finde, weil ich sie überall finden kann, in den Ästen, in der Holzmaserung, in der Tapete, in meiner Haut. Und weil ja jeder ein Puzzle lebt, weil wir alle in die Welt geworfen werden und alles schon da ist, alles schon tausend Jahre steht und wir uns erst unsere Teile zusammensuchen und verknüpfen müssen, das macht uns überhaupt erst zu einer Person. Man puzzelt sich vorwärts, bis die Teile ausgehen, dann ist es aus.

Ich richte mich auf. Das gute Gefühl weicht einem Nicht-Gefühl, das passiert mir manchmal, wenn ich gerade ein gutes Gefühl hatte, ein Nicht-Gefühl rückt sofort nach. Das ist ein Gefühl wie ein eingeschlafener Arm, nur dass es im Brustkorb sitzt und von dort aus wächst wie ein Geschwür, bis es den Kopf erreicht. Es ist nie gut, wenn ich es den Kopf erreichen lasse.

Ich stehe dann im Badezimmer vor den ockerfarbenen Fliesen – dort löst sich die Dichtung schon aus jeder Fuge, das orangerote Waschbecken hat Sprünge, eingetrocknete Zahnpastaklumpen am Wasserhahn, der Spiegel hat Rostspuren an sämtlichen Halterungen. Ich schaue mich darin an. Muss mir die Haare aus dem Gesicht streichen.

Ein Puzzlespiel, denke ich. Mutters wilde dunkle Augen trage ich im Gesicht und Vaters schmale Nase, Mutters Kieferform, Vaters Tendenz zum fliehenden Kinn, Mutters dichte Augenbrauen, Mutters helle Haut, die an ihr gestrahlt hat und mich immer ein bisschen kränklich aussehen lässt, immer, als hätte ich gerade eine lange Erkältung hinter mir. Ich kann hier nichts abschütteln. Puzzleteile, Puzzleteile, Summe ihrer Einzelteile. Und wenn die Einzelteile beschließen, gar nichts zu fühlen, suche ich ratlos nach einer Antwort in meinem Gesicht, Alice' Gesicht, dem Gesicht, das gar keins ist, irgendwie kein ganzes, irgendwie ein halbes und weniger, ich verzweifle immer an dieser Unvollständigkeit.

Alice hat bloß Alice gesehen, wenn sie in den Spiegel geschaut hat, das weiß ich.

Alice hatte die Motten nicht im Kopf.

Ich habe zu viel in mir, inzwischen. Das Nicht-Gefühl presst alles von innen nach außen.

Ich nehme Augusts Rasierer aus dem Schrank, löse eine Klinge und ziehe eine einzelne, feine Linie an meinem Kiefer entlang – fast ist es, als würde ich malen. Das vertreibt das Nicht-Gefühl. Wenn das Nicht-Gefühl vertrieben ist, weiß ich immer, dass ich noch hier bin. Und dass ich mir gehöre und so weiter. Dass ich nicht überlaufen darf. Wer überläuft, läuft aus. Auch wenn ich die schlechte Art von Schmerz dafür in Kauf nehmen muss.

Schmerz kann auch nicht vollständig schlecht sein, wenn er von einem selbst kommt.

Ich trockne mich mit einem Handtuch ab.

Ich erwarte, dass Jora in der Küche ist, als ich nach unten komme, ist sie aber nicht, ihre Stiefel und ihr Mantel fehlen, ihre komische braune Umhängetasche.

Für einen Moment frage ich mich, was passieren würde, wenn Jora jetzt weg wäre.

Weil jeder irgendwann weg ist.

Weil das immer so ist.

Und das legt mir Glut in den Magen, dieser Gedanke, und der Rauch steigt mir die Speiseröhre hoch und bringt einen ekligen Geschmack in meinen Mund, und kurz denke ich, ich muss würgen, aber dann schaue ich aus dem Fenster und sehe, dass ihr Auto noch in der Einfahrt steht.

Es ist gut. Es ist gut. Die Glut geht erst mal wieder aus.

Aber dann schaue ich mich im Erdgeschoss um, und da ist die Tür zum Wohnzimmer offen, und der Teppich ist ganz verrutscht, und da drinnen, gegen das Sofa gelehnt, ist August. Er schaut mich an, die glasigen Augen glitschen an mir entlang, keine Ahnung, ob er mich wirklich sieht, manchmal sieht er mich nicht, wenn er so ist, wenn die Flaschen leer sind und sein Hirn ganz voll, dann sieht er gar nichts mehr, ich habe ihn darum auch schon beneidet, manchmal. Auch wenn ich es nicht verstehe.

Ich gehe in die Küche und koche Kaffee und löse Aspirin in Wasser auf. Aus den Augenwinkeln sehe ich ihn dann, wie er durch die Tür wankt.

»Weißt du, wo Jora ist?«

Ich bekomme keine Antwort. Aber das kenne ich. Habe auch fast keine erwartet.

Er rührt sich nicht, erst mal. Dann knallt es plötzlich hinter mir; er hat einen Stuhl gepackt und gegen die Wand gestoßen.

Ich halte ihm stumm das Aspirinwasserglas hin. »Hier.«

»Du hast gesagt, du machst das nicht mehr«, sagt er.

Erst begreife ich gar nicht, was er meint. Aber dann lässt er seinen Zeigefinger an seinem Kiefer entlangwandern, und als ich das nachmache, trifft mein Finger auf den feinen Schnitt, wie ein feuchter Regenwurm auf meinem Gesicht.

Ich muss mich überwinden, aber ich nehme es auf mit seinem Blick. Wir starren uns an, neben mir keucht und spuckt die Kaffeekanne.

Ich sage: »Das hast du auch.«

Einen Moment lang stehen wir da, und ich wünsche mir, Jora würde zur Tür reinkommen, Jora mit ihren schweren, langsamen Worten und dem Wind, der sie durch die Gegend zu wehen scheint, als würde sie getragen, ihr Leben lang, und wäre zufrieden damit. Ich weiß nicht, wie sie das macht, manchmal glaube ich immer noch, sie ist nicht echt.

Aber da ist nur August, und August packt mich am Arm. Seine Augen sind gerötet, blutunterlaufen. Ich will mich losreißen, aber er hält mich fest, ist erschreckend stark, ich habe bislang nie wirklich spüren müssen, wie stark August ist. Seine Hände haben sich um meinen Oberarm geschnürt, ich bin machtlos.

»Die Scheiße musst du lassen, klar?« Er riecht aus dem Mund, aus den Poren, überall. Und seine Stimme zittert so und ist so laut. Ich glaube, das merkt er gar nicht, wie groß er ist und wie viel Volumen seine Stimme haben kann, wenn er sie so aufbläht. Ich glaube, er vergisst, dass er kein kleiner Junge mehr ist. Als Kind habe ich mich nie vor August gefürchtet, aber jetzt kann er laut sein und wehtun, und das will ich ihm sagen, aber heraus kommt nur: »Lass das.« Und ich schreie nicht. Ich will mich ja nicht fürchten, fürchten macht es schlimmer.

August plärrt. Es dröhnt mir in den Ohren. Dass er es hassen würde, wenn ich so was machte. Dass das krank wäre. Was ich ihm damit antäte, ob ich das wüsste, ob mir das egal sei.

Dabei weiß ich es, eigentlich teilen wir es ja, das Nicht-Gefühl. Ich bin mir absolut sicher, August hat es auch in sich und weiß keine bessere Heilung.

Ich sage: »August. So funktioniert das aber nicht.«

Wir bekämpfen den gleichen Feind, ohne uns zu verbünden.

Aber das kapiert August nicht, glaube ich, es verletzt mich, dass er das nicht kapiert, er versteht es nicht, also packt er mich fester. Am Ende so fest, dass ich das Gesicht verziehen muss, und das ist nicht die Art von Schmerz wie die blauen Flecken auf meiner Hüfte oder die Wunde, die ich mir an der Baumrinde geholt habe, nicht die gute Art von Schmerz. Das hier tut einfach nur weh. Weil ich keinerlei Kontrolle habe. Weil es August ist, der die Kontrolle hat in diesen Momenten. Über alles, nur über sich selbst nicht.

»Hast du Jora verjagt?«, presse ich raus. Weil ich das fast glaube.

Er sagt: »Nein. Aber vielleicht sollte ich das.«

Ich frage, wieso.

Er packt fester zu.

Ich stoße ihn weg. Ein Tritt gegen sein Knie, er taumelt rückwärts gegen den Stuhl, den er geworfen hat. Er hockt da, auf dem Boden, und bebt.

Ich bebe auch.

Zusammenleben, Erdbeben, all das.

Die Haustür geht auf.

55

Jora ist nicht fort. Jora ist nicht abgehauen, Jora steht im Flur, einen Korb voller Einkäufe unter den Arm geklemmt, und schaut uns an.

Ich schaue zurück.

August schaut auf seine Hände.

Für einen Moment glaube ich fast, dass Jora jetzt laut werden wird. Ein Machtwort sprechen. Und fast glaube ich, das wäre nicht schlecht. Hier wurden keine Machtwörter gesprochen. Nicht die Art von Machtwörtern, die irgendetwas klären könnten, hier wurde überhaupt nicht gesprochen, aber Jora ist niemand, der gern spricht, erst recht nicht laut spricht, und darum steht sie nur da und weiß bestimmt nicht, wohin.

Ich will nicht, dass Jora denkt, sie müsste weg.

Ich will nicht, dass Jora denkt, wir würden auf keiner Ebene funktionieren, obwohl wir das tun, das tun wir, das tun wir wirklich, manchmal zumindest, und manchmal genügt uns das auch.

Ich stehe auf und nehme ihr den Korb ab.

»Danke«, sagt sie und dann nichts mehr.

Hinter uns richtet August sich auf, schwankend, ein Haus nach einem Sturm, das sich jetzt neu zusammensetzen muss, langsam und schwerfällig. Er zieht seine Jacke vom Esstisch und geht wortlos an uns vorbei. Das macht er immer, hinterher.

Die Haustür knallt.

Jora schaut ihm nach.

Ich nicht. Ich kann es mir nicht leisten.

»Ich setze Wasser auf«, sage ich und nehme den Teekessel aus dem Regal.

56

»Wieso macht ihr das?«, fragt Jora, da habe ich so eine Frage schon nicht mehr erwartet.

Wir sitzen längst am Tisch, ich habe die Orangen, die sie auf dem Markt gekauft hat, zu Saft gepresst und Tee gekocht, sie hat Butterbrote geschmiert und mit zu viel Salz bestreut. Dabei waren wir still, aber das hat mich nicht beunruhigt. Ich bin gern still mit Jora.

»Was?«, frage ich.

»Das«, sagt sie. Sie weiß, dass ich weiß, was sie meint. Und so ist es auch. Aber das heißt nicht, dass ich irgendwelche Antworten habe, für sie nicht, für niemanden.

»Ich weiß es nicht.«

»Das muss. Doch total schlimm sein.«

Es ist schlimm. Es ist objektiv schlimm, aber wir dürfen es nicht schlimm finden. Das kann sie nicht verstehen, oder? Was soll ich ihr sagen? Dass ich August nicht heilen kann und er mich auch nicht? Dass wir das wissen und es darum gar nicht mehr versuchen? Dass alle Versuche so enden wie heute? Dass wir uns deshalb lieber die meiste Zeit voreinander verstecken?

Jora liest meine Gedanken.

Sie kann das, mehr und mehr.

Ich kann und will nichts dagegen tun.

»Ich hab das Gefühl«, sagt sie, »ihr missversteht euch. Weil ihr nicht redet. Ihr leidet nur nebeneinanderher. Und dann passiert was.«

Ich schlucke die Worte, die ich sowieso nie hatte, hinunter und bin still. Niemand hier sagt so was. Niemand hier spricht diese Dinge aus. Die Worte sind Steine auf unser Haus, unser Milchglashaus, das in seiner Brüchigkeit keinen Schutz bietet und doch nicht transparent ist. Joras Gesicht ist ruhig, hat wenig Ausdruck, mein Gesicht brennt unter ihrem Blick. Das Tümpelwasser ihrer Augen löscht rein gar nichts. Sie streckt die Hand aus. Kurz schwebt sie da, ihre Hand, aber sie berührt mich nicht.

Sie setzt an: »Hat er …?«

»Nein«, sage ich zu schnell, »Gott, nein.«

Jora nickt. Zufrieden wirkt sie nicht.

Und ich sage, bevor ich mich davon abhalten kann: »Ich dachte, du wärst weg.«

Sie legt den Kopf schief und sagt nichts. Und ich kann nur dasitzen, diese Flügelschläge in meiner Brust. Ich weiß nicht, was das ist.

»Heute Morgen. Als du nicht da warst. Ich dachte, du wärst gegangen.«

Sie sagt immer noch nichts. Ich spüre meinen Herzschlag

in meiner Kehle. Genauso habe ich ihn gespürt, als August mich gepackt hat, und Vater früher, und in so vielen anderen Momenten hatte ich es schon, dieses heftige Pochen, und doch ist es mir jetzt vollkommen fremd.

Ich weiß nicht. Was das ist.

Joras Augen sind jetzt sehr groß: »Willst du. Dass ich gehe?«

Ich muss nicht nachdenken. Aber ich zögere meine Antwort trotzdem künstlich hinaus.

»Nein.« Und: »Willst du denn gehen?«

Sie schüttelt den Kopf.

Zusammen sind wir noch ein bisschen still. Ich denke nicht an August, ich denke ständig an August, August wird heute Abend wieder im Haus sein und im Wohnzimmer sitzen und am nächsten Morgen dann so tun, als wäre nichts gewesen, und ich werde ihn lassen, ich werde mitspielen, wir beide, gemeinsam, die letzten Hauptdarsteller in unserem ewigen, kleinen Kammerspiel.

Aber ich weiß nicht, was Jora tun wird. Jora hat hier keine Rolle.

»Da waren ein paar Banner. Auf dem Marktplatz«, sagt Jora, »da ist ein Apfelfest. Nächstes Wochenende.«

»Das ist hier immer im Oktober«, sage ich.

»Was passiert da?«, fragt sie.

»Es gibt Äpfel«, sage ich und, weil mir das schwach erscheint als Antwort, »und viele Leute. Und ein Lagerfeuer.«

»Der Tee ist leer«, sagt Jora, »ich setze noch Wasser auf.«

57

Ich habe Ingrid jetzt schon eine Woche nicht gesehen.

Ich suche nach ihr, laufe die Zimmer ab, spähe sogar in ihrs, wo alles unberührt liegt. Ich suche sie im Schlafzimmer, im Garten, in unserem niedrigen Keller, in Großvaters altem Arbeitszimmer, in dem die Möbel mit weißen Laken bedeckt sind und im Halbdunkel lauern wie große, unförmige Gespenster. Aus Ingrids Zimmerfenster rufe ich Ingrids Namen raus auf die Straße, auch wenn ich weiß, dass sie das Haus eigentlich nie verlässt.

Sie bleibt verschwunden. Und erst sorgt mich das, aber dann denke ich gar nicht mehr so viel an Ingrid, wie ich eigentlich sollte.

»Die Lügnerin tut dir gut«, sagt August zu mir, als er wieder in der Stimmung ist, überhaupt etwas zu mir zu sagen. Und er meint Jora damit. Er sagt es wie etwas, das er ungern zugibt. »Du hast Farbe im Gesicht.«

»Sie ist keine Lügnerin«, sage ich, »sie erzählt nur nicht viel.«

»Das ist dasselbe wie lügen.«

Das stimmt nicht. Aber ich diskutiere mit August nicht gern über Jora, weil eine Diskussion erfordern würde, dass ich die ganze Situation erst mir selbst erkläre und dann ihm, und das kann ich nicht, das will ich nicht, das würde alles kaputt machen, und das wiederum versteht er, da bin ich mir sicher.

Aber ich lasse ihn dann sowieso allein in der Küche, um noch ein letztes Mal nach Ingrid zu suchen. Sie wird bestimmt nicht mit aufs Apfelfest wollen, natürlich wird sie das nicht, keiner von uns will zum Apfelfest. Zum Apfelfest wollen Leute wie Marius, die schon immer zum Apfelfest gehen, und Leute wie Jora, die nicht von hier sind und noch von einer Neugier getrieben werden, die hier nirgendwo Erfüllung finden kann.

Ich finde, ich sollte Ingrid zumindest fragen. Ich finde, das gehört sich so.

Aber Ingrid finde ich nicht.

Das sage ich Jora, die schon unten im Flur auf mich wartet. Sie hat sich einen Schal geliehen, den dicken, roten von Mutter, den sie selbst gestrickt hat, und ihn sich um den Kopf gewickelt, ich kann ihren Mund nicht sehen, nur ihre Augen.

»Vielleicht ist das gut«, sagt sie.

Und ich wünschte, ich wüsste nicht, wie sie das meint.

58

Wenn ich ans Vergessen gedacht habe, habe ich mir immer ein Puzzle vorgestellt, dem die Teile weggenommen werden, Stück für Stück. Bis am Ende nichts mehr übrig ist. Aber eigentlich ergibt das ja keinen Sinn, Vergessen bedeutet nicht, dass alles weniger und weniger wird, wo Vergessen ist, ist danach nicht das Nichts, sondern bloß etwas anderes. Wir nehmen ein Puzzleteil weg und fügen ein neues ein, das Ganze bildet am Ende trotzdem ein Bild. Und ob man dann glauben möchte, dass dieses Bild eine Lüge ist, bleibt einem selbst überlassen.

Ich kann wissen, was alles passiert ist, und mich trotzdem nicht erinnern. Am Ende habe ich eben trotzdem ein paar Teile vertauscht.

Vergessen macht die Dinge nicht ungeschehen, das weiß ich. Aber zu glauben, dass Vergessen an sich zu einfach ist, wäre ungerecht. Vergessen ist eine Kunst. Und ich beginne zu verstehen, dass Vergessen eben auch etwas sein kann, das man mühsam lernen muss.

59

Dort, wo die Felder in den Wald übergehen und die Landstraße Richtung Norden aus dem Ort führt, haben sich die Leute versammelt, da sind Biertische und Stände und ein großer Haufen Feuerholz für das Lagerfeuer spät in der Nacht, von dem ich weiß, dass ich es als Kind genauso faszinierend fand wie die Kinder, die jetzt dort stehen und darauf warten, dass es angezündet wird. Ich hatte die Jackentaschen voller Laub und trockener Zweige, die ich nach und nach ins Feuer warf. Feuer ist das Gegenteil von Wasser. Ich schätze, dafür habe ich es respektiert.

Ich habe im Garten gesessen, und Ingrid hat Streichhölzer abbrennen lassen, immer runter zu ihren Fingern, bis ich sie bat, es auszumachen. Sie hat mich angegrinst, mich herausgefordert und dann, endlich, aufgehört.

Ingrid.

Ich frage Jora, ob es bei ihr zu Hause auch solche Feste gebe.

Sie schüttelt den Kopf. Bei ihr zu Hause gebe es gar nichts, sagt sie, da wäre gar nichts übrig. Jora spricht immer, als hätte irgendetwas ihr Zuhause weggeschwemmt. Als wäre es schlichtweg nicht mehr da. Sie hat den Schal heruntergezogen. Ihre Wangen sind rot. Sie sieht sich um, als gäbe es tatsächlich etwas, wonach man sich umsehen könnte, dabei ist hier alles schrecklich gewöhnlich in seiner Schrecklichkeit – es ist laut, und es gibt ein bisschen Musik, und Kinder rennen, und Kinder fallen. Die Leute sitzen sich auf den Bänken gegenüber und schauen einander beim Altern zu. Schüler schütten Schnaps in dicken, süßen Saft.

Der Most ist heiß und schmeckt nach Zimt.

Ich möchte nach Hause. Es gibt einen guten Grund, warum ich als Kind gedacht habe, die Welt würde hinter unserem Gartenzaun enden. Vielleicht wäre es nämlich besser, sie würde es.

Aber Jora ist der Beweis, dass sie es nicht tut.

Jora sagt: »Da ist August.«

Ich sehe August auf der anderen Seite der Bänke, er sieht uns und kommt herübergewandert, gebückt, August geht gebückt, seit ich denken kann, seit er existiert, wahrscheinlich, den Kopf ein wenig eingezogen, als könnte jeden Moment etwas drauffallen, immer bereit, sich zurückzuziehen. Wie eine Schildkröte. Er erreicht uns.

»Es ist kalt«, sagt er, »ich hätte nicht gedacht, dass es so kalt sein würde.«

»Ja«, sage ich, und Jora lächelt nur.

Es dämmert.

Wir stehen ein wenig herum, zwischen den Dorfbewohnern, unverbindlich, als wären wir drei Fremde, die durch Zufall so nah beieinanderstehen, und irgendwie doch wie eine komische kleine Einheit, nicht zu durchschauen für alle anderen. August zieht an den Riemen seines Rucksacks. Ich tue so, als würde ich den Most tatsächlich trinken, dabei lasse ich ihn nur kalt werden. Jora schaut mal August an, mal mich, mal zum Himmel.

Es ist nicht merkwürdig, dass keiner von uns groß was sagt, finde ich.

Neben dem Holzstapel stehen ein paar von Marius' Freunden zusammen und rauchen, und ich erwische mich dabei, nach Marius' blondem Haarschopf Ausschau zu halten. Ich sehe ihn nicht.

Dann taucht die alte Frau Meißner auf, der Vater mal das Dach repariert hat. Sie nickt mir zu, sagt aber nichts zu mir. Ich gehöre zu dem Teil der Familie, mit dem man nicht redet. Mit Vater und Ingrid hat man geredet. Jetzt redet Frau Meißner mit August. Sie fragt August, wie es Mutter ginge, ob sie denn bald zurückkäme – ich weiß, die Leute im Dorf finden es seltsam, dass unsere Mutter nur aus weiter Ferne noch Teil unserer Familie ist. Aber August antwortet freundlich. Bestimmt treffen sich Frau Meißner und er manchmal im Supermarkt. Bestimmt führen sie dann solche Gespräche.

August schenkt ihr ein Glas Apfelmus, das er aus seinem Rucksack zieht.

Irgendwie wird mir das doch zu viel, denke ich.

60

Es wird langsam dunkel. Sie haben das Feuer angezündet.

Wir haben zugesehen, und dann hat August zu Jora etwas gesagt, das Jora witzig fand, und Jora hat etwas zurückgesagt, das August witzig fand, und sie haben angefangen, sich zu unterhalten, mit einer komischen Leichtigkeit, die ich nicht kenne. Irgendwie finden die beiden etwas aneinander, das ich nicht ergänzen kann. Ganz egal, was ich tue.

Eine Weile starre ich ins Feuer. Ich wundere mich, dass meine Augen das aushalten.

August und Jora merken gar nicht, dass ich ihnen irgendwann den Rücken zukehre.

Am Waldrand kann ich ausatmen. So aus der Ferne sehen das Feuer und die Menge und die Holzstände viel bedrohlicher aus als aus der Nähe, viel brutaler, viel unnatürlicher in der weiten Stille des Waldes und der Felder und, ganz nah, das Dorf, in dem die Häuser einsam schlafen. So etwas gehört nicht hierher.

Kurz habe ich Angst, dass Jora mir böse sein wird, weil ich einfach verschwunden bin. Aber das vergeht. Ich glaube, Jora versteht das schon, wenn jemand versteht, dann Jora. Sie wird nicht fragen, Jora wird hier auf mich warten.

Der Gedanke ist gut.

Die Gedanken an Ingrid sind es nicht. Also gehe ich ihnen aus dem Weg, hier draußen. Der Wald ist groß genug, um allem aus dem Weg zu gehen. Das habe ich immer gemocht. Ich stecke die Hände tief in meine Jackentaschen, unter meinen Schritten hat der Raureif die Blätter hart gemacht und damit zerbrechlich. Ich glaube, ich finde immer automatisch den Weg hinunter zum See, irgendwie trage ich ihn in mir. Ich glaube, wenn man mich irgendwo in der Ferne aussetzen und ich einfach draufloslaufen würde, ich würde immer am Wilmersee ankommen am Ende. Jeder Schritt führt hierher zurück.

In dieser tiefen Dämmerdunkelheit ist der See eine weite, finstere Leere, die leise plätschert und flüstert, und ich habe noch nie kapiert, was der See mir sagen will, wenn er mir überhaupt etwas sagen will, wenn ich mir nicht nur an irgendeinem sehr tief vergrabenen Ort in mir wünsche, dass es so ist.

Ich glaube fast, nach allem, was passiert ist, ist mir der See einiges schuldig. Einen Namen, Alice. Eine Schwester.

Nicht weit von mir sitzt jemand am Ufer. Eine Taschenlampe glüht in meine Richtung und blendet mich, obwohl es noch gar nicht so dunkel ist, dass man eine Taschenlampe bräuchte. Ich weiß, dass es Marius ist, bevor ich ihn erkennen kann.

Er sieht mich. »Du.«

Irgendwie finde ich es sehr folgerichtig, ihn hier zu treffen und nicht auf dem Fest.

Ich sage: »Ich.«

»Nicht in Feierstimmung?«

»Nein«, sage ich.

Er sagt nichts.

Niemand sagt etwas, nur ein paar Krähen schreien. Mutter hat geglaubt, dass Krähen einen besonders harten Winter ankündigen, wenn sie im Oktober schon so schreien. Vater hat gesagt, das wäre nicht wahr. Vater hat meistens widersprochen, wenn Mutter so etwas erzählt hat.

Marius leuchtet wieder in meine Richtung. Ich denke, dass er mir jetzt sagen wird, dass ich ihn allein lassen solle, dass er nicht hierhergekommen sei, um in Gesellschaft zu sein, aber er schickt mich nicht weg, er räuspert sich und fragt: »Läuft die Kamera?«

»Hab sie noch nicht getestet«, sage ich. »Ich denke schon.«

Die Kamera hat seinem Vater gehört. Ich weiß das, weil er es mir erzählt hat, irgendwann mal, als es sonnig war und er Ingrid in unserem Garten fotografierte.

»Gut«, sagt er, »gut«, und dann ist er wieder still, und ich glaube, als wir so wenige Meter auseinanderstehen und hinaus auf die Dunkelheit des Sees blicken, denken wir an dasselbe, vermissen dasselbe, und vielleicht eint uns das, vielleicht will ich das sogar ein bisschen. Ich weiß, dass die Dinge, die nicht mehr da sind, einen manchmal am meisten einen können.

»Weißt du, was ich nie verstanden habe?« Er zündet sich eine Zigarette an. Und gleich habe ich die Bilder im Kopf, er und

Ingrid, Ingrid und er, ohne Ingrid ist er für mich nur halb real.

»Warum ihr nicht einfach geht.«

Ich frage: »Wohin sollten wir denn gehen?«

Er sagt: »Keine Ahnung. Weg. Hält euch doch nichts, nach allem.«

Ich bin erstaunt, dass er das sagt.

Denn er hat recht und unrecht zugleich, und ich glaube fast, er weiß das.

61

Ein einziges Mal hatte ich Mutter am Telefon in der Zeit, nachdem Vater fort war. Erst habe ich sie gar nicht erkannt. Sie sprach ein bisschen anders als sonst, lauter, härter.

Sie hat gefragt, wie es Ingrid ginge.

Gut, habe ich gesagt.

Und August, wollte sie wissen.

Gut, habe ich gesagt.

Und mir?

Darauf wusste ich keine Antwort.

Am Telefon zu sein und nichts zu sagen, das ist, als würde man Geister beschwören.

Irgendwie glaubte ich, sie würde sich entschuldigen. Ein bisschen wollte ich, dass sie jetzt nach Hause käme, dass sie sagen würde, sie säße schon im Auto Richtung Norden, auf dem Weg zu uns, auf dem Weg, das alles zu reparieren, die Risse in allen Teetassen neu zu verkleben, jedes trockene Blatt aus jeder Dielenritze zu ziehen, jedes Loch im Dach zu flicken, das Vater offen gelassen hatte. Ich wollte, dass sie nach Hause kam und alle Vorhänge von den Gardinenstangen nahm, um sie zu waschen. Das ganze Grau raus, Vaters Zigarettenrauch, das Grau der Jahre, in solche Gardinen setzen sich die Jahre, da sieht und riecht man sie, und ich wollte meine Mutter sehen, wie sie summend alles in die Waschmaschine schob, und danach wollte ich die Vorhänge mit ihr im Garten aufhängen, den weißen Stoff, wie neu, und allem beim Trocknen zusehen, und da würde es Frühling sein, und ich würde mich zwischen den weißen, flatternden Stoffreihen verstecken wie früher als Kind. Aber das konnte ich ihr nicht sagen, am Telefon. Ich konnte das nicht in Worte fassen.

Ich sagte also nichts.

Sie sagte, dass sie zufrieden wäre, dort, in der Ferne. Sie hätte andere Menschen getroffen, das wäre gut, das wäre wichtig, das sollte man so machen, im Leben. Meine Mutter, die so tat, als würde sie das Leben verstehen. Sie hörte sich glücklich und unglücklich zugleich an, so wie Leute klingen, wenn sie am Unglück der anderen teilhaben wollen und es doch nicht können, weil dieses fremde Unglück so gar nicht passen will in das Leben, das sie selbst führen, und darüber sind diese Leute auch immer froh, und dafür schämen diese Leute sich auch immer ein bisschen.

Schön, sagte ich, wenn du jetzt neue Menschen gefunden hast.

Ich habe mich nie jemandem ferner gefühlt als Mutter in diesem Moment.

Als sie dann sagte, wir könnten ja zu ihr kommen, raus aus

Wilmer, wo uns sowieso jetzt nichts mehr halten würde, habe ich sie gehasst. Richtig gehasst dafür. Weil sie offensichtlich gar nichts kapiert hatte. Weil sie mich jetzt wirklich anrief und mir erzählte, wie viel wärmer es bei ihr wäre und dass ich dort die Schule beenden könnte und dass sich alles lösen ließe, wenn ich nur wollte, wenn wir nur wollten, als läge das tatsächlich allein in unserer Macht.

Immerhin hat Mutter immer ein Schweigen zu deuten gewusst.

Und ich hatte keine Ahnung, ob sie enttäuscht war oder nicht.

Nächsten Monat besuche ich euch, hat sie dann versprochen.

Gut, habe ich gesagt.

Dann kam Ingrid nach Hause und fragte mich, wer da am Telefon wäre, und ich sagte es ihr, und da nahm sie mir den Hörer aus der Hand und knallte ihn in die Halterung. Und dann sahen wir uns an.

Ich glaube, wir wussten beide, wieso wir Mutter verachteten. Weil, wo auch immer genau sie steckte, ihre Gardinen bestimmt ganz weiß waren.

62

Ich habe keine Antworten für Marius. Ich kann mit seinem Verständnis nichts anfangen. Ich weiß, dass Verständnis zu etwas anderem, Tieferem führen kann, aber wir sind von diesem Punkt zu weit entfernt, und ich kann gar nicht sagen, ob wir ihn überhaupt erreichen sollten.

Heute Nacht erreicht bestimmt niemand irgendwas.

Da ist nur der blasse Mond auf dem See und er und ich und die Taschenlampe. Ich schaue zurück durch den Wald, bilde mir ein, das Lagerfeuer in der Ferne glühen zu sehen, hinter einem Gitter aus dürren Birkenstämmen.

Marius sagt: »Ihr hättet doch überallhin gehen können.«

»Nein«, sage ich.

Er nickt. Als hätte ich damit endgültig eine Ahnung bestätigt. »Das hat sie auch gesagt.«

Fast muss ich lächeln. Dann sind wir uns ja doch in irgendetwas ähnlich gewesen, am Ende.

Ich weiß, ich könnte Marius dieselbe Frage stellen – wieso ist er nicht gegangen? Was hat ihn hier gehalten? Aber das muss ich nicht, ich kenne die Antwort. Einen alten Baum kann man schon verpflanzen, egal, wie tief die Wurzeln in die Erde ragen. Aber das überleben die Äste nicht. Die Blätter erst recht nicht.

Irgendwie denke ich, dass Marius eine Entschuldigung erwartet. Und irgendwie will ich sie ihm auch geben. Diesmal richtig. Es so sagen, wie ich es meine und meinen will, so, dass er mir glaubt. Und vielleicht würde ich das auch, wenn ich denn denken würde, dass Marius eine Schuld von mir nehmen könnte. Aber das denke ich nicht, und das kann er nicht. Er könnte mir tausendmal glauben und mir tausendmal verzeihen, mir nie wieder etwas wegnehmen, um es dann im See ertrinken zu sehen. Es würde rein gar nichts ändern. An ihm nicht, an mir nicht, an Ingrid noch viel weniger.

Er steckt sich die nächste Zigarette an, die dann im Dunkeln glimmt. Er bietet mir auch eine an. Fast bin ich versucht.

»Wenn du meinen Rat willst«, sagt Marius und weiß bestimmt, dass ich den ganz sicher nicht will, aber er redet schnell weiter und lässt mir nicht die Chance, ihn zu unterbrechen. »Schnapp dir deine rothaarige Freundin und lauf weg, so weit du nur kannst.«

Ich schaue ihn nicht an. Meine Augen suchen die Lichtquellen, die Zigarette, die trübe Taschenlampe, den Mond.

Ich verabschiede mich, bevor es zu dunkel wird, um noch zurückzufinden.

63

Auf dem Rückweg schaue ich mehr nach oben als nach unten. Ich mag, wie das Laub den Blick auf den Himmel freigibt. Alles wuchert noch, aber dahinter ist immer der Himmel, auch dann, wenn man ihn gerade nicht sieht.

Die Blätter fallen, der Himmel noch lange nicht.

Im Unterholz höre ich ein Rascheln. Natürlich sehe ich nichts in diesem Dickicht, dafür ist zu wenig Licht da, es könnte alles sein. Kurz denke ich an Joras Fuchs. Aber der liegt in unserem Garten begraben.

Zwischen den Baumstämmen wieder ein Licht – keine Taschenlampe, ein Handybildschirm.

Jora ruft: »Hey!«

Ich komme ihr entgegen, stolpere fast über einen toten Baumstamm, trete in weiches Moos.

»Du warst. Plötzlich weg«, sagt sie, und zeitgleich rede ich los: »Was machst du hier?«

Wir hebeln uns gegenseitig aus.

»Ich dachte«, sagt sie, »ich gehe. Dich suchen.«

Ich sage: »Du hast mich gefunden.«

»Nein. Du mich.« Sie lacht ein bisschen, ganz leise und heiser. Wahrscheinlich, weil sie ein bisschen betrunken ist vom Most. »Ich habe keine Ahnung. Wo wir sind.«

»Das ist okay«, sage ich, und das ist es auch. Ich habe verlernt, mich hier im Wald zu verlaufen. Ich kenne die Richtungen, weiß, welche Lichtung ich überqueren muss und alles.

Ich frage sie, was denn mit August wäre, und sie sagt mir, er wäre nach Hause gegangen, es wäre ihm zu viel gewesen, und fast sage ich ihr, dass August und ich uns da leider ähneln, dass wir am liebsten mit uns selbst allein vor uns hin existieren in unserem Haus, in dem es ganz bestimmt spukt, aber nicht so, wie die Leute denken. Noch bieten diese Wände Schutz.

Ich lasse es bleiben.

Ich frage lieber: »Willst du zurück aufs Fest?«

Jora schüttelt den Kopf. Das Handylicht wirft ihr merkwürdige Schatten ins Gesicht, mir vermutlich auch. Ich greife schnell nach ihrer Hand, bevor wir noch anfangen, uns voreinander zu gruseln.

Jora lässt sie mich halten.

Ich bin vorsichtig, halte sie so, dass sie sie jederzeit zurückziehen kann, aber fest genug, dass sie nicht herausrutscht. So, wie ich will, dass jemand meine Hand hält. Fest genug, dass sie das Gefühl bekommt, dass ich weiß, was ich tue. Ich bin da. Und echt, und das alles. Sie soll das wissen. Ich muss so etwas wissen, ich gehe einfach davon aus, dass sie es auch muss, dass jeder das muss.

Sie schaut mich an. Ihr Blick ist tief.

Das Flattern, das Flattern. Als würde etwas aus mir herausbrechen wollen, unbedingt.

Sie hält meine Hand fest, sehr fest, und mir gefällt es, bei jedem anderen würde ich sie jetzt zurückziehen wollen, das wird mir klar, und ich kann es nicht leugnen, und es macht mir Angst.

Ich führe sie raus aus dem Wald.

64

Wir stehen am Gartentor, aus dem Wohnzimmer fällt Licht nach draußen. August ist noch wach. Wir sehen seinen Schatten an der Holzverkleidung.

Ich sage: »Es ist kalt.« Weil es das auch ist, aber mir ist eigentlich nicht kalt, die Hand, die Jora gehalten hat, ist wirklich sehr warm, warm genug für den Rest von mir.

Jora sagt: »Können wir noch. Ein kleines bisschen draußen sitzen?«

Ich weiß, die Steinstufen werden eiskalt sein, das wird ihr nicht gefallen, und mir auch nicht, wem gefällt das schon. Ich sage: »Okay.«

Wir sitzen stumm zusammen, bis uns die Zähne klappern.

Jora reibt sich die Arme, lässt die Luft in kleinen, flachen Stößen aus dem Mund entweichen. Ich schaue sie an. Sie lächelt mich an. Sie ist betrunken, sie muss es sein.

Fast lächle ich auch. Kann rein gar nichts auf Alkohol schieben.

Frage: »Und jetzt?«

»Meine Stiefmutter und ich«, sagt Jora, setzt kurz ab, um Luft zu holen, »haben das immer gemacht. Haben vor der Tür gewartet. Bis uns ganz kalt war. Und als wir dann reingegangen sind. War das das beste Gefühl. Der Welt.«

Ich nicke. Versuche, diese Information einzuordnen in das dichte Netz an Bildern, die mein Kopf sich ständig von ihr machen will und nie wirklich kann. »Deine Stiefmutter. Wie ist sie so?«

»Sie war anders«, sagt Jora, »als alle. Zumindest für mich.«

Die Vergangenheitsform entgeht mir nicht, überrascht mich nicht. »Und jetzt ist sie …?«

»Mein Vater und sie. Haben sich dann nicht mehr verstanden. Zwei Jahre ist das her.«

Ich nicke. Das verstehe ich. So etwas kenne ich. Ich wechsle das Thema. »Und ihr habt euch nie eine Lungenentzündung eingefangen?«

Jora schüttelt den Kopf ein bisschen sehr heftig. Schlägt ihn hin und her, dass die roten Haare fliegen. Sie sieht wie ein Kind aus. Ich schüttle den Kopf dann auch, mir peitschen sämtliche Haare ins Gesicht und bleiben dort, hinter dem dichten Vorhang kann ich sie gar nicht mehr sehen.

»Wenn du das hier im tiefsten Winter machst«, sage ich, »holst du dir den Tod.«

Ich höre Jora leise lachen. Ich weiß nicht, ob sie jetzt dem Wintertod ins Gesicht lacht oder ob ich lächerlich ausgesehen habe mit dem Kopfschütteln.

Sie streicht den Vorhang zur Seite, ihre Finger sind eiskalt an meiner Schläfe. Sie schiebt mir die Haare wieder hinter die Ohren.

»Wir könnten. Dir mal die Haare schneiden«, sagt sie.

Ich kann nur nicken.

Wir gehen hinein, die Wärme empfängt uns, in der Küche hat August den Kachelofen angefeuert. Er ist in Vaters Sessel eingenickt, die Arme verschränkt, den Kopf zur Seite verrenkt.

Ich reibe mir die Arme.

In meinem Zimmer ziehe ich mich um, und als ich zurück in den Flur trete, hat Jora die Tür zum großen Schlafzimmer offen gelassen. Eine Einladung.

Ich nehme sie an.

65

Als das Haus dumpf und leer war und ich auch dumpf und leer war, fing ich erst richtig an, diese Bücher zu lesen, über Physik und die Zeit. Ich dachte, darin würde ich eine Wahrheit finden können, die unanfechtbar wäre. Die keine zwei Seiten hätte, die nicht umzuerzählen war. Ich las über die Unordnung im Universum, das ordnete mir den Kopf. Ich las über Newton, ich mochte Newton. Ich kapierte nicht alles, aber Newton hatte gesagt, dass im Universum nie etwas wirklich kaputt-geht. Was auch immer zerbricht, setzt sich gleich wieder neu zusammen, weil Vergangenheit und Zukunft nicht zu trennen sind. Ich mochte das. Ich las es Ingrid vor.

Sie stand am Herd und kochte, und sie hörte mich, ließ mich den Absatz zu Ende lesen, drehte sich um und schmiss die Sup-penkelle mit einem Schlag hin. Ich erschrak mich. Linsensuppe spritzte einmal quer über den Dielenboden.

Sie starrte mich an, erwartungsvoll. Erst hatte ich keine Ahnung, was ich damit sollte, mit ihrer Erwartungshaltung, aber dann schaute sie den Boden an und dann wieder mich und sagte: »Lüge.«

Später las ich über Entropie und das alles, das Universum des ewigen Chaos, und kapierte es schon fast ein bisschen, und das hätte Ingrid besser gefallen, denke ich. Aber ich habe mich dann nicht mehr getraut, es ihr zu erklären.

66

Die Nächte werden klarer und kälter, aber gefroren hat es noch nicht. Draußen am Gartenzaun finde ich ein paar Herbstblumen, die der Kälte trotzen. Wasserdost und Astern. Ich pflücke sie alle.

Hinter mir stehen die Apfelbäume Wache, die Äste verbogene Knochen.

Ich gehe zurück ins Haus, finde August am Klavier vor. Er spielt nicht, er hat den Klavierkasten aufgeklappt und späht kritisch ins Innere.

»Eine Saite ist wirklich sehr verstimmt«, erklärt er mir ungefragt.

Ich frage: »Hast du gespielt?«

Er sagt: »Jora hat etwas geklimpert.«

Ich frage: »Jora spielt Klavier?«

Er sagt: »Schlecht.«

Ich schaue zu, wie er mit dem Stimmhammer herumhantiert, einen sehr konzentrierten Ausdruck im Gesicht. Ich sehe

Jora nicht an diesem Klavier. Ich habe nie jemand anderen als August dieses Klavier spielen sehen.

Und ich merke immer wieder, wie wenig ich über Jora weiß. In meine Welt ist sie einfach eingedrungen, und ich habe es zugelassen, aber ihre bleibt mir verschlossen, verbarrikadiert hinter ihrem Schweigen, das sie nur ganz selten bricht, das sie nur ganz selten ablegt.

Wir kochen am Abend zusammen. Ich bin eine passable Köchin, ich habe Ingrid über die Schulter geschaut und August und Mutter. Jora ist eher mies im Kochen. Sie schneidet die Zwiebeln zu dick und besitzt bei allen praktischen Tätigkeiten eine bemerkenswert kurze Aufmerksamkeitsspanne; sie fängt etwas an und findet dann etwas Neues, Interessantes, über das sie reden möchte, oder ihr fällt eine Frage ein oder ein neues Thema, und dann brennt alles an.

»Ich bin in nichts wirklich gut«, sagt sie dann, und das scheint sie irgendwie witzig zu finden.

»Du bist gut im Reden«, sage ich. Ich meine das auch so.

»Ich bin in nichts schlechter. Als im Reden.«

»Das stimmt nicht. Was du sagst, das ist gut. Wie du es sagst, ist doch egal.«

Sie ist mir dankbar dafür. Und die Zwiebeln in der Pfanne sind schon wieder schwarz.

Ich will mir ständig einbilden, dass ich sie kenne. Dass ich sie kennen werde, wenn ich sie nur lang genug beobachte, dass Aufmerksamkeit und Geduld zu einem richtigen Kennen führen können. Wenn ich mich nur an ihre Bewegungen und Gesten gewöhne und ihre schleppende Art zu sprechen, wenn ich nur voraussehen kann, in welche Richtung sie sich auf dem Sofa als Nächstes drehen wird. Aber eigentlich bekomme ich nur flimmernde, vage Eindrücke von hinter der Barrikade. Und eigentlich finde ich das fast in Ordnung so, möchte es zumindest in Ordnung finden, werde es in Ordnung finden müssen.

Jora erzählt vieles nicht. Aber ich kann auch nicht aufhören, mir heimlich, wirklich heimlich zu wünschen, dass es vielleicht nichts zu erzählen gibt, dass sie einfach da und das genug ist.

Wir essen zusammen, August, Jora und ich. Ich heiße dieses Ritual willkommen und habe gleichzeitig eine irre Angst davor, diese Art von Einigkeit gehört nicht mehr hierher, diese Art von Einigkeit ist ein Verrat.

Ich weiß, dass Ingrid das auch so sieht, weil Ingrid verschwunden bleibt. Heute Morgen habe ich sie noch summen gehört, im Badezimmer, aber als ich die Tür aufriss, war niemand zu sehen.

Neben mir verfällt August in sein Geplauder. Er macht das jetzt öfter, er plaudert unkoordiniert drauflos wie jemand, der gar nicht weiß, wie man ein zusammenhängendes Gespräch führt, und natürlich weiß er das nicht, woher auch. Ich weiß es ja auch nicht. Vielleicht wussten wir es mal.

Wir ahmen die Vergangenheit nach.

Er erzählt ein bisschen vom Supermarkt und dass ihm der Rücken wehtäte vom Palettenschleppen. Dann schweigt er wieder sehr lange, und plötzlich bricht es wieder aus ihm heraus, er erzählt Jora von einer Klaviersonate, die ihm gefällt, die ihr auch gefallen könnte, da wäre er sich sicher.

Er schiebt das Essen auf dem Teller hin und her. Er denkt, damit lenkt er davon ab, dass er eigentlich nichts isst.

Ich beobachte ihn nur dabei, sage nichts.

Wenn sich unsere Blicke treffen, wird er immer stumm. Er liest da eine Ermahnung raus, das weiß ich, und halb meine ich diese Ermahnung ernst.

Wir ermahnen uns gegenseitig.

Sei vorsichtig. Sag jetzt nichts Falsches.

Wir können das beide nicht aufgeben.

Jora fragt August dann, ob das Klavier denn nachgestimmt wäre. Ob er die schiefe Saite korrigiert hätte.

Ich sage: »Jora, du spielst doch gar nicht Klavier.«

Jora sagt: »Nein. Aber ich habe ja ziemlich lang. Geige gespielt. Ich mag Musik.«

Wenn sie so etwas sagt, fällt es mir besonders schwer, ihr nicht einfach eine Geschichte anzudichten.

67

In der großen Stadt aufgewachsen, mit einer toten Mutter und einem Vater, der bestimmt nicht richtig da gewesen ist, nie erwähnt sie ihn auch nur, man erwähnt nur Leute, die wichtig sind, alle anderen werden aus der Erzählung gestrichen, so ist das. Einsam und still als Kind, ganz sicher. In unserer Einsamkeit haben wir uns erkannt. Meine Einsamkeit spiegelt sich in ihrer, tut es ständig. Und dann diese Stiefmutter. Ich will ihr einen Namen geben, es fühlt sich fast an, als müsste ich das, um überhaupt weiter darüber nachdenken zu können, aber ich kann mir keinen ausdenken. Ich kann niemandem einen Namen geben. Nicht mal mir selbst. Aber diese Stiefmutter hat gewusst, wie das geht, andere zu benennen. Niemanden zu jemandem zu machen. Oder jemanden zu jemand anderem.

Ich glaube, einen Namen können wir nicht von jedem bekommen. Den können uns nur die wichtigen Menschen geben, die wir uns manchmal aussuchen und die manchmal für uns ausgesucht werden und die etwas zu sagen haben, wenn es darum geht zu bestimmen, wer wir sind.

Bestimmt ist diese Stiefmutter da gewesen, wie es sonst niemand war. Um dieses Bild herum kann ich ein Netz aus Vorstellungen spinnen, die zumindest für mich einen Sinn ergeben. Ich kann mir vorstellen, dass Jora diese Stiefmutter, die da war, richtig da, am Anfang abgelehnt hatte, weil es noch eine leibliche Mutter gab, der sie nachhängen musste, wie man nur den Toten nachhängen kann. Ich kann mir vorstellen, dass sie sich erst nach und nach verstanden, dass sie dann zusammen Tee tranken und durch Parks spazierten und durch überfüllte Straßen, ich kann mir die Straßenlaternen vorstellen und wie das Licht ausläuft im Regen und die Bänke unter den Blätterdächern in breiten Alleen, das nasse Laub auf Straßenbahngleisen. Aus alldem kann ich sie heraufbeschwören, diese andere Welt. Zu der Jora gehört hat, bevor sie hierherkam. Aber letztendlich ist nichts davon von Bedeutung, keine Parkbank und keine Straßenlaterne, am Ende zählt diese Kulisse nicht, aber diese fremde Frau zählt, und ich habe fast das Gefühl, ich müsste sie kennen. Einfach, weil Jora sie so gut gekannt hat. Diese Stiefmutter hat Jora zu Jora gemacht, und jetzt ist sie fort. Jora weiß, wie sich dieses Fehlen anfühlt, dieser tote Raum, den Menschen zurücklassen können, und ich beginne zu glauben, dass es das sein muss, was uns verbindet, vor allem anderen.

Bei mir ist auch niemand mehr da, hat Jora gesagt.

68

Der Oktober stirbt weg, der November ersteht aus seinen Überresten auf. Es ist ein sonniger, milder November, ungefährlich und sanft mit Nebelschwaden auf den Feldern und wenigem Raureif auf dem Gartenzaun. Als wollte er die Welt nicht erschrecken mit zu viel Kälte.

»Mein Name ist Hase, ich weiß von nichts.«

August lacht. Dabei ist Augusts Name nicht Hase, und es ist nicht so, dass er von nichts weiß, er ist nur betrunken. Seine Wangen sind hellrot und glühen im Halbdunkel unserer Veranda, neben ihm sitzt Jora und ist stiller als sonst, ich schätze, sie merkt den Alkohol auch.

Die Sonne ist schon fast verschwunden.

August bietet mir zum dritten Mal ein Glas Billigwein an. Das hat er noch nie getan. Ich lehne trotzdem zum dritten Mal ab. Ich schaue in den Garten – ich kann die Fledermäuse, die da über den Bäumen ihre Kreise ziehen wie hyperaktive Geier, in diesem Licht kaum von Vögeln unterscheiden.

Jora sagt etwas, August lacht noch mal. Es ist komisch, ihn lachen zu hören. Ich meine, ich höre den beiden nicht richtig zu, ich bin nur physisch da und bin froh, dass die beiden bei mir sind, dass ich halb zuhören und mich fühlen kann wie in einem kleinen, wirklich sehr kleinen Freundeskreis, obwohl ich eigentlich nur mir selbst nachhänge.

Das passiert mir oft.

In der Schule hatte ich auch nie zuhören können.

Aber dann sagt August etwas, das mich weckt: »Willst du nicht wieder nach Hause, irgendwann?«

Und Jora sagt: »Ich weiß es nicht. Ich glaube. Ich werde noch warten.«

»Worauf?« August kann wirklich sehr feindselig klingen, wenn er das will.

»Ich werd's wissen«, sagt Jora, und dann nichts mehr. Sie holt etwas aus ihrer Tasche. Ich schaue hin. Es ist der Schlüssel aus Vaters Zigarrenkiste. August nimmt ihn ihr ab, dreht ihn zwischen seinen filigranen Pianistenfingern hin und her.

»Der ist für den Dachboden«, sagt er.

»Was ist auf dem Dachboden?«, fragt Jora.

Ich sage: »Weiß man nicht.«

August sagt: »Gar nichts.«

Wir sagen das gleichzeitig, und Jora weiß nicht, wen sie anschauen soll. Aber August schaut zielsicher zu mir und gluckst – er klingt genau wie Vater früher, wenn er das tut –, und dann wird das Glucksen ein lauteres Lachen, und erst weiß ich nicht, was das soll, worüber er lacht, was hier so witzig ist, was überhaupt jemals groß witzig war – aber dann ist klar, er lacht über mich.

198

»Sie hat Angst«, sagt er, sein Körper bebt, »dass da oben Monster wohnen. Nur ein dummes Kindermärchen, aber sie glaubt's noch.«

»Quatsch«, sage ich. Obwohl er natürlich recht hat.

»Ingrid hat ihr das erzählt, als wir klein waren. Damit sie bloß nicht hochgeht. Dabei hat sich da immer nur unser Vater versteckt.«

Meine Wangen glühen jetzt auch, aber das hat mit Betrunkensein nichts zu tun.

»Wovor denn versteckt?« Wieder diese Neugier in Joras Stimme.

August sagt: »Vor der Welt. Vor allem. Vor uns, das natürlich auch. Man glaubt das nicht, wenn man ihn kannte, aber der Mann hatte eine Scheißangst vor der ganzen Welt.«

August sagt: »Er hat dann dagesessen und gesoffen und Zeug eingeschmissen und getobt. Eigentlich war er nur ein Feigling. Ein ganz trauriger, bitterer alter Kerl. Hat immer unheimliches Zeug erzählt. Hielt sich für verflucht.«

Ich sage: »August.«

August hört mich nicht. Will mich nicht hören. »Und vielleicht war er's ja auch, hm? Mit dem ganzen Unglück. Aber das hatte er wahrscheinlich verdient, denke ich, wenn du mich fragst, er hatte das verdient, manche Dinge verdient man sich einfach.«

Ich sage: »August.«

Weil ich nämlich will, dass er das lässt. Weil wir so nicht über Vater reden. Weil wir gar nicht über Vater reden, und damit leben wir gut, damit leben wir besser, hat er das vergessen?

August redet einfach weiter: »Er hatte eine beschissene Kindheit, jeder wusste das, hat Geschwister verloren und die Eltern ganz früh, die Leute haben geredet. Er selbst aber nicht, konnte es vermutlich nicht, keine Ahnung. Hat stattdessen schön dafür gesorgt, dass wir auch eine beschissene Kindheit haben.«

Ich rufe: »August!«

Er sitzt nur da und lacht leise. Aber ich weiß, er findet das nicht witzig, eigentlich möchte er wie ich nur weinen um all das, aber lachen ist meistens einfacher, ich weiß das. Vielleicht würde ich auch lachen, wenn ich könnte, vielleicht bin ich gerade nur neidisch, weil er es kann.

»Darf ich den Dachboden sehen?«, fragt Jora.

»Nein«, sage ich, ein richtiger Automatismus mittlerweile.

»Nur zu«, sagt August.

69

Es gibt Theorien, die besagen, dass die Unordnung im Universum ständig zunimmt. Wenn etwas kaputtgeht, ist das Chaos, und weil das Chaos ständig wächst, ist das ein Beweis dafür, dass die Zeit nicht rückwärtslaufen kann. Das ist Entropie. Die aus dem Nichts aus jeder Form von Energie produziert wird, man kann gar nichts dagegen tun.

Als ich anfing, darüber zu lesen, machte mich das traurig. Auf das gute Gefühl, etwas Wesentliches begriffen zu haben, folgte gleich das Nicht-Gefühl, dumpf und kalt. Es drohte, in meinem Kopf alles Helle auszulöschen.

Ich redete mir ein, dass das nicht stimmen konnte, dass nicht mehr Chaos entstehen konnte dort, wo rein gar nichts entstand, dass völliger Stillstand dafür sorgen würde, dass nichts schlimmer wurde. Und das versuchte ich umzusetzen.

Eine Weile rührte ich im Haus nichts an, öffnete keine Tür, die mir verschlossen war, verließ mein Zimmer kaum, berührte nur etwas, wenn ich wirklich musste. Solang ich die Wahl hatte, wollte ich keinen Einfluss nehmen. Wer Einfluss nimmt, schafft Chaos. Wer Chaos schafft, ist schuldig.

Eine Weile lang hielt ich das durch. Bis zur allerletzten Nacht, eigentlich.

70

In einer der Nächte, bevor wir auf den Dachboden steigen werden, steht Jora in meiner Tür. Sie hält die Küchenschere in der Hand.

Ich lasse es zu. Wir setzen uns auf mein Bett.

Jora hält meine Haarsträhnen zwischen den Fingern fest, als würde sie das nicht zum ersten Mal machen, ihre Fingerspitzen sind auf meinem Gesicht, an meiner Wange, an der Kontur meines Kiefers. Sie streicht über den Schnitt, der dort noch immer sitzt wie ein Riss im Porzellan. Sie lässt ihn unkommentiert. Jora weiß meistens, was sie unkommentiert zu lassen hat.

»Damit ich die Welt besser sehen kann«, sage ich, möchte lustig sein, obwohl ich nie lustig bin, lustig sein steht keinem von uns.

»Nein«, sagt Jora, »damit die Welt. Dich sieht.«

Sie verpasst mir einen Ponyschnitt, wie meine Mutter ihn hatte, als ich ein Kind war. Dunkle Haare fallen auf weißes Frottee.

Mein Gesicht fühlt sich nackt an, als sie fertig ist, als hätte man die Vorhänge aufgemacht nach langer, langer Zeit, und ich muss ein bisschen dem Drang widerstehen, mich abzuwenden, den Kopf zu senken, als Jora ihr Werk begutachtet, den Kopf in Schieflage.

Sie nickt. Sie ist zufrieden.

Sie sagt: »Das steht dir.«

»Ist gar kein so großer Unterschied«, lüge ich.

Jora lächelt. »Du hast doch vorher. Kaum was gesehen.«

Ich halte mir die Augen zu. »Ich bin blind durchs Leben gegangen.« Ich linse durch die Lücken zwischen meinen Fingern, sehe, dass Jora lautlos lacht, die Augen geschlossen. Als wollte sie austesten, wie sich das anfühlt. Nur Schwärze.

»Ja«, sagt sie, »manchmal. Möchte man das.«

»Manchmal«, sage ich.

Ich ziehe meine Finger zurück, Jora öffnet die Augen. Sie schaut mich an, die Tümpelaugen ruhig und klug, wissend. Nicht zum ersten Mal denke ich, dass es etwas gibt, das Jora weiß und ich nicht, das sie mir mitteilen könnte, es aber nicht tut, das sie für sich behält, irgendeine Wahrheit, irgendein versunkener Schatz auf dem Tümpelboden, nein, ich denke das nicht zum ersten Mal.

Und viel zu oft glaube ich ja das, was ich mir denke. Viel zu oft glaube ich mir selbst.

Aber der Gedanke läuft mir davon, als Jora näher an mich heranrückt, das frische Laken knistert unter ihren Bewegungen. Sie beugt sich vor. Sie legt mir eine Hand aufs Gesicht, über die Augen.

»Besser?«, fragt sie.

Ich grinse in die Dunkelheit. »Ich weiß es nicht«, sage ich. Was die Wahrheit ist. Manchmal weiß ich nicht, ob ich lieber nichts sehen würde oder alles. Wenn ich die Wahl hätte. Dann ist da ein Druck, ich kann nur vermuten, dass sie die Stirn gegen ihren Handrücken gelehnt hat, es muss so sein, ich spüre ihren Atem auf dem unbedeckten Teil meines Gesichts.

Und alles flattert.

»Erzähl mir was«, sage ich, flüstere fast. Jetzt laut zu sein, das wäre falsch, denke ich.

Jora sagt erst nichts. Dann: »Was willst du. Hören?«

Ich muss nicht groß überlegen: »Etwas Wahres.«

Also erzählt sie mir etwas. Sie erzählt mir, wie sie zu ihrem Namen gekommen ist. Und ich muss glauben, dass es stimmt.

71

Ihre Stiefmutter hat Jora ihren Namen gegeben. Das wusste ich bereits. Die Stiefmutter war ruhig und aufmerksam gewesen neben einem lauten, unaufmerksamen Vater, der mit Augen groß wie Untertellern raus in die Welt starrte und durch Jora hindurch. Natürlich tat er das. Das habe ich nicht gewusst, ich habe es erraten, und es war nicht besonders schwer. Es ist Jora anzusehen, dass sie nie richtig angesehen wurde. Jora spricht und geht und steht wie jemand, der die meiste Zeit übersehen worden ist.

Die Stiefmutter ist anders gewesen, die Stiefmutter hat Jora gesehen, die Stiefmutter hat vorgelesen und jeden Abend gekocht und sie von der Schule und vom Geigenunterricht abgeholt. Und dann sind sie ins Museum gegangen oder in den Park. Sie haben viel geredet. Der Vater hat nie mit Jora geredet, und die Mutter hat Jora kaum gekannt in einem Alter, in dem es möglich gewesen wäre, sich zu unterhalten. Mit der Stiefmutter war das anders. Sogar das Stottern wurde besser. Wenn man sich mit jemandem unterhält, der sich die Zeit nimmt, auf die Worte zu warten, ist das besser mit dem Stottern, dann bleibt man nicht mehr so an den Silben hängen.

Jora hatte immer schon darüber nachgedacht, ihren Namen zu ändern. Der alte hat ihr nicht gefallen, der war mit der Mutter verknüpft, sie konnte ihn nicht behalten. Aber einfach so konnte sie sich keinen neuen geben. Weil das so nicht funktioniert. Das verstehe ich, das verstehe ich gut.

Einen Namen sollte man von den Eltern bekommen, hat sie sich gedacht. Und die Stiefmutter gefragt. Und die Stiefmutter, die sehr sanft gewesen sein muss in allem, was sie tat, so, wie Jora über sie spricht und schweigt, hat erst abgelehnt. Das wäre zu viel Verantwortung, fand sie. Das Mädchen, das nicht mehr Hannah heißen wollte, sollte sich selbst einen Namen geben, damit sie später wusste, wer sie war. Aber dann hat sich die Stiefmutter überreden lassen. Und der Name war ihr Geschenk.

Ich wage es noch zu fragen: »Und wo ist sie jetzt?«

Und Jora wagt es sogar, mir zu antworten. Nach einer langen, langen Pause. »Ich weiß es nicht genau.«

Ich glaube, ich sollte nicht weiterfragen, wo die Stiefmutter jetzt ist. Ich frage: »Und hatte sie recht?«

»Womit?«

»Weißt du jetzt, wer du bist?«

Jora zerkaut sich die Unterlippe. Ich habe ihr die ganze Zeit in die Augen gesehen, dazu habe ich mich gezwungen, ich wollte es so. Ich will, dass sie weiß, wie sehr ich sie sehe. Gerade weil ich weiß, sie sieht mich zurück.

Jora sagt: »Manchmal, ja.«

In Tümpeln kann man zumindest nicht so leicht ertrinken, glaube ich.

72

An einem Morgen werde ich wach, weil ich glaube, August spielen zu hören. Aber als ich ins Wohnzimmer komme, steht das Klavier verlassen im Halbdunkel.

Ich schaue mich nach Ingrid um, was ich weniger und weniger tue in letzter Zeit, aber sie ist nicht hier, vielleicht ist sie diesmal wirklich fort. Es dauert ganze zwanzig Sekunden, bis dieser Gedanke mich voll erreicht und in mir etwas auslöst wie Angst, wie Schuld, wie Bedauern, wie Wut. Ich zähle mit. Es kommt mir ziemlich lang vor. Wie ein Gewitter zähle ich sie von mir fort.

August kommt nach unten, er muss zur Arbeit. Ich koche ihm Kaffee.

Wir trinken ihn schweigend.

Ich sage: »Ich dachte, ich hätte dich Klavier spielen gehört.«

Er schaut mich an. Er sagt nichts.

Minuten vergehen, ich denke, dass das auch so bleibt, aber dann räuspert er sich, spielt mit den Fingern am Tassenhenkel herum. »Manchmal würde ich gern wieder.« Er sagt das wie etwas, das mich wütend machen könnte. Er sagt das, als würde ich sogar einen guten Grund dazu haben.

»Mach's«, sage ich.

»Vielleicht«, sagt er.

»Weißt du«, sage ich, »es gibt diese Zeittheorie, die sagt, dass alles immer gleichzeitig passiert. Das hat mit Raumzeit zu tun. Also, Zeit analog zu Raum. Weil die Momente unabhängig in sich selbst existieren, verstehst du?« Ich habe noch nie mit August über dieses Zeug gesprochen. Für gewöhnlich unterbricht er mich immer gleich. Ich erkläre ihm, dass selbst wenn er nie wieder Klavier spielen würde, er doch für immer Klavier spielen würde, dass *nie wieder* und *für immer* dann sogar Begriffe wären, die man aus der Sprache streichen könnte, sie wären bedeutungsgleich und damit bedeutungslos im Blockuniversum. Er lässt mich ausreden.

Dann fragt er: »Ist das deine Art, mich zu trösten?«

Eine komische Frage. Eine komische, direkte Frage, die ihm nicht steht. Ich beantworte sie: »Ja.«

August nickt, langsam. Als hätte er gerade etwas verstanden, das mit Zeittheorie wenig zu tun hat.

Ich sage ihm noch, dass ich Ingrid nicht mehr gesehen habe. Den ganzen Monat lang nicht. Dass ich glaube, sie könnte weg sein, wirklich weg sein. Und da schaut er mich nur traurig an. Diese Augen haben in Vaters Gesicht oft traurig ausgesehen, aber Augusts Gesicht verleiht ihnen eine andere Art von Traurigkeit. Die gleichen Augen können in verschiedenen Gesichtern eben doch sehr unterschiedlich aussehen.

»Dein Blockuniversum«, sagt August, »erinnert dich das an was?«

An alles, denke ich, absolut alles. Sage es ihm auch.

»Da war so ein Bibelvers«, sagt August, »den Vater immer vorgelesen hat. Erinnerst du dich? Irgendwas mit Flüssen, die immer zurückfließen und wieder entspringen. Was man tut, tut man dann wieder, es gibt nichts Neues unter der Sonne und so weiter. Es ging darum, dass alles immer rückwärts ineinanderfließt.«

Kurz ist da eine Erinnerung, da und gleich wieder weg. Ich weiß nicht, ob ich mich erinnere. Vater hat uns selten vorgelesen, Vater hat frei heraus erzählt.

»Vielleicht ist es auch nicht so wichtig«, sagt August, und dann steht er auf und fährt zur Arbeit.

73

Auf unseren Dachboden gelangt man über eine kleine Kammer, die neben dem Badezimmer liegt, und dann über die klapprige Holzleiter. Oben an der Decke sitzt die Luke, schwer und fast nicht auszumachen in der dunklen Holzmaserung, die Eisenscharniere und das Vorhängeschloss klirren und scheppern, wenn jemand oben umhergeht. Was nun schon über vier Jahre lang nicht mehr passiert ist.

Ich will daran nichts ändern. Das will ich Jora sagen, ich stammle auch irgendetwas in der Richtung, und sie schaut mich an mit großen, aufrichtig besorgten Tümpelaugen. Sie will den Dachboden sehen. Ich weiß, ich sollte sie hindern, bringe es aber nicht fertig.

Sie fragt: »Hast du Angst?«

Ja. Unendlich. Aber ich sage: »Natürlich nicht.«

Sie durchschaut mich. Mittlerweile fällt ihr das erschreckend leicht. »Wovor hast du Angst?«

Davor, dass da oben alles sein könnte, ein ganzes Arsenal

an verschobenen und verdrängten Erinnerungen. Vor den Motten habe ich Angst, die dort schwirren werden wie draußen im Schuppen, tote Motten überall, tote Motten bis ganz unters Dach, und wenn wir die Luke öffnen, lassen wir sie heraus, lassen wir sie herein in den Teil des Hauses, den wir uns zurückerobert haben, das geht nicht, das darf nicht passieren, sieht sie das denn nicht, ist ihr das nicht inzwischen klar? Vor der Vergangenheit habe ich Angst, gerade vor den Teilen, die mir aus der Erinnerung rutschen wollen, wieder und wieder. Vor Vater und vor Mutter und vor Ingrid habe ich Angst, auch vor August, vor seinem Lachen und seinem Weinen, vorm Ertrinken natürlich, vorm Vergessen und Erinnern, ich habe Angst vor dem ganzen Haus, ich habe Angst vorm Nachdenken, das mich hier gefangen hält, und vorm Nichtnachdenken, das bedeuten würde, dass ich ihnen allen gefolgt bin, Ingrid und allen, die fort sind. Vor all den Märchen, die nicht wahr sein könnten oder – schlimmer noch – tatsächlich wahr sein könnten, davor fürchte ich mich und vor allem, was passieren könnte und nicht passieren könnte, mich versetzt die Welt in Angst und Schrecken, wie kann sie das nicht sehen, mich lähmt der Gedanke an Außerhalb und Innerhalb, keine Angst hätte ich höchstens in einer Sphäre zwischen Existenz und Nichtexistenz, so was gibt es ja nicht, aber da würde ich schweben in völliger Leere, und ich würde gar nichts wissen und fühlen und nur beobachten, und nichts würde irgendwas auslösen in mir, ja, das erscheint mir am wenigsten furchterregend. Sieht sie das nicht? Sieht sie das immer noch nicht?

Ich muss glauben, dass sie es sieht.

Und sie sieht mich an und greift nach meiner Hand, und ich widerstehe tapfer dem Impuls, mich abzuwenden.

»Du gibst diesem Raum. Eine Macht über dich …« Sanftes Unverständnis in ihrer Stimme. »Und diesem ganzen Haus. Das muss wehtun. Richtig wehtun, nicht wahr.«

Ich starre sie an, weiß nicht, was ich sagen soll.

»Wie Pflaster abreißen«, sagt sie. »Einmal. Tapfer sein und hinschauen. Weil. Die Wunde unter dem Pflaster bestimmt. Nicht so schlimm ist. Wie du jetzt denkst.«

Ich starre. Kann nicht sagen, ob sie, würde ich sie jetzt darum bitten, auch umkehren würde. Kann nicht sagen, wie ich das finden soll. Ich lasse mich mitziehen, hoch in den stickigen, düsteren Kopf des Hauses.

74

Erst mal ist da nichts, nur das Schwarz. Jora geht voran. Sie ist furchtlos. Nicht, weil sie von Natur aus mutig ist, sondern eher, weil sie noch nicht weiß, wovor man sich hier oben fürchten könnte, denke ich. Meine Handflächen schwitzen.

Jora geht voran, da ist ein Rascheln und ein Knistern und das unablässige Knarren des Bretterbodens, der aufheult und jammert unter jedem behutsamen Schritt. Ein Geruch schlägt mir entgegen – nicht faulig, nicht modrig, einfach nur schwer und stickig ist die Luft hier oben, es riecht chemisch und muffig und nach kaltem Rauch. Dann wird es heller.

Jora hat die Decken, die vor den spärlichen Fenstern des Dachbodens hingen, heruntergerissen. Motten überall, überall. Noch mehr als den Gartenschuppen haben sie den Dachboden für sich eingenommen.

Und ich sehe alles. Alles. Der Dachboden beherbergt keine Monster.

Der Dachboden beherbergt nichts.

Ich hätte unter weißen Laken Möbel bis unters Dach erwartet, Holzkisten, unfertige Ölmalereien, aufgequollene Bücher, ich hätte ein Denkmal erwartet oder eine Ruine. Aber da steht nur ein voller Aschenbecher, in der Ecke hocken ein paar einsame, staubige Pappkartons, da liegen nur ein, zwei Plastikflaschen mit bunten Etiketten, da hängt nur ein einzelner, rissiger Bettbezug von der Dachschräge. Hier ist nichts. Hier ist weniger als nichts, hier ist ein Vakuum, ein schwarzes Loch. Was hier oben verschwindet, kommt nie wieder hervor, denke ich. Ich will umkehren, die Leiter wieder runter, durch die Kammer in den Flur, über die Treppe, durch die Haustür und auf und davon. Aber ich bleibe stehen und versuche, nicht nach den Motten zu schlagen.

Jora steht neben mir, sie schenkt dem Dachboden noch keine große Aufmerksamkeit. Sie verscheucht eine Motte von meiner Schulter.

»Jora.« Ich japse. Ich komme mir erbärmlich und klein vor hier oben. »Kannst du das Fenster da kippen?«

Sie tut es. Kalte Luft kommt herein, Sonnenstrahlen auch, Staubpartikel tanzen. Die ersten Motten entkommen ins Freie.

»Du musst. Dich nicht fürchten.« Das sagt sie. Eine unnötige Bemerkung, eine, die mir nicht hilft. Das, wovor ich mich fürchte, ist für Jora unsichtbar.

Vielleicht sollte ich weinen. Vielleicht wäre weinen angebracht, vielleicht würde das zeigen, was in mir vorgeht, vielleicht versteht sie ja dann. Aber ich weiß gar nicht mehr, was in mir vorgeht. Mein Kopf ist dieser Dachboden. Weite, weite Leere.

Jora bahnt sich einen Weg durch den Raum, öffnet die Schreibtischschubladen. Als gäbe es hier oben etwas zu entdecken für sie. Gerade für sie. Wo sie doch überhaupt nichts weiß. Sie hebt ein Notizbuch hoch, blättert es durch, sagt: »Alles durchgestrichen.«

»Ja«, sage ich bloß.

»Hier wollte. Mal jemand was aufschreiben.«

Ich sage wieder: »Ja.«

»Was wohl?«

Ich weiß genau, was Vater aufschreiben wollte, was hätte er denn sonst aufschreiben können als seine dummen Schauermärchen, er hatte uns und der Welt doch sonst nichts zu erzählen. Vaters Geschichten. Die einem den trügerischen Eindruck vermittelten, man hätte verstanden, was wirklich vor sich ging, dabei hatte man kaum eine Ahnung, wie denn auch, man konnte nur vermuten. August vermutete nichts, August hörte früh nicht mehr hin. Ingrid hörte hin, und Ingrid widersprach, und ich glaube, Ingrid verstand. Mehr als ich damals. Ich vermutete vieles, und ich fürchtete diese Geschichten, und ich hasste sie, und ich verfluchte sie mit den anderen, und ich wollte sie wieder und wieder hören. Ich dachte, in jeder Geschichte stecke eine Warnung, eine Drohung, erst viel später begriff ich, dass ich den Geschichten damit unrecht tat. Ich kann nicht sagen, dass ich sie gemocht habe. Aber ich mochte, wenn Vater erzählte, ich mochte seine Stimme, ich mochte die Sanftheit, mit der er sie wiedergab, seine Version der Wahrheit, ich mochte, wie er mir über den Kopf strich oder mich festhielt, und zwar nicht so, dass es wehtat, sondern so, dass ich das Gefühl hatte, ich könnte nicht runterfallen, nirgends. Aber in seine Geschichten konnte man fallen. Was er erzählte, das stieß mir bitter auf, das schreckte mich ab. Weil ich immer das Gefühl hatte, in diesen Geschichten steckte eine Form von Wahrheit und dass es unsere Aufgabe war, sie aufzuspüren. Eine Wahrheit verkleiden, das ist auch nur eine Art zu lügen, denke ich. Wir haben sie alle von ihm geerbt.

Ich schulde Jora diese Erklärung nicht.

Ich gebe sie ihr trotzdem: »Geschichten.«

»Was für Geschichten?«

»Vaters Geschichten.«

Ich höre die Frage aus ihrem Mund, bevor sie sie stellt: »Was für Geschichten. Waren das?«

Ich ärgere mich über diese Neugier, nicht zum ersten Mal. So wie sie sich durch die ganze Welt bewegt – mit dieser strengen Aufmerksamkeit, fast mit Ehrfurcht, endlos fasziniert von dem, was sie findet. Ich frage mich, ob es sich einfacher lebt mit dieser Fähigkeit, so genau hinzusehen, so genau zuzuhören, das Leben und das Leid eines anderen so nah an sich heranzulassen, wie sie es tut.

Mein eigenes Leben reicht mir, denke ich. Wem ein Leben nicht reicht, dem ist nicht zu helfen.

Ich höre mich selbst erzählen: »In einer Geschichte meines Vaters gab es zwei Brüder. Zwillinge. Die sich aufs Haar glichen. Sie lebten nahe eines Waldes mit gewaltigen Bäumen, so hoch, dass sie den Himmel berührten. In der Mitte des Waldes stand ein Apfelbaum. Ein riesiger Apfelbaum, in dem etwas Uraltes, Übernatürliches steckte. Wer die Äpfel von diesem

Baum essen wollte, der musste einen Teil von sich selbst dort-lassen. Dem passierte dann ein Wunder.« Ich kann das nicht erzählen wie Vater. Ich höre mich dabei an wie er und doch überhaupt nicht. Fast erleichtert mich das. »Einer der beiden Brüder wurde krank. Er fiel immer wieder in einen tiefen Schlaf, wachte tagelang nicht auf. Der eine Bruder wuchs, der andere wuchs nicht mehr mit. Da lief der gesunde Bruder in den Wald und bot dem alten Baum einen Handel an. Weil er nicht viel hatte, das er weggeben konnte, gab er dem Baum zwei seiner Finger. Dafür bekam er einen Apfel, den gab er seinem Zwilling zu essen. Der Zwilling aß ihn mit Stiel und Kernen.«

Ich pausiere. Ich will das gar nicht erzählen.

Jora fragt: »Und dann?«

Ich komme mir albern vor. Ich habe an Vaters Lippen ge-hangen, früher, habe Schauer bekommen von diesen Märchen. Jetzt schäme ich mich. Ich möchte durch die Holzbretter fallen, ins schwarze Loch. »Der Zwilling verwandelte sich in einen Baum. Und stand dann für immer draußen im Garten, damit er seinen Bruder nicht verlassen musste.«

Jora schaut mich an. Ihr Gesichtsausdruck verrät rein gar nichts.

Sie wendet sich wieder dem Schreibtisch zu, findet Vaters alte Kamera in der untersten Schublade und dreht sie in der Hand, das Objektiv hat tausend Sprünge. Vater hat sie in ei-nem Wutanfall gegen die Wand geworfen. Da hatte ich schon meinen Namen verloren. Die Zeit zwischen diesem Moment und dem Jetzt erscheint unendlich lang, als läge eine ganze

Lebensspanne dazwischen, so fühlt es sich an, als müsste ich Jahre um Jahre durchkämmen, um die Erinnerung zu finden.

»Hier sind Fotos«, sagt Jora. Sie dreht den Kopf zu den Fenstern, fährt mit den Fingern über den schwarzen Stoff, der sie verdeckt gehalten hat. »Ich glaube. Hier war eine Art Dunkelkammer.«

Ich bin ihr böse genug, um ihr jetzt so etwas wie Gleichgültigkeit anhören zu wollen.

Wie kann irgendetwas hier sie kümmern. Sie hat es nicht erlebt. Sie war nie ein Teil dieses Chaos.

Ich sage: »Ja.« Sonst nichts.

»Das mit dem Fotografieren, glaubst du. Du hast das von ihm?«

Ich sage: »Nein.« Sonst nichts. Und denke, dass man sich wirklich nicht aussuchen kann, was man weitergereicht bekommt, wenn man ein Kind ist.

75

Ich habe mir oft vorgestellt, wie mein Vater an dem Morgen damals unser Haus verlassen hat, wie er in seine Stiefel stieg und seine Jeansjacke überstreifte und hinausmarschierte in die Welt. Und ich habe mir gewünscht, dass das sein Schicksal sein würde, ab jetzt – ewig nur zu wandern, ans Ende der Stadt, ans Ende des Landes, bis ihm die Füße bluteten, und dann noch weiter, bis er eines Tages ins Schleudern und Stocken geraten würde wie ein altes Auto mit einem kaputten Motor, er dann im Straßengraben liegen würde, während seine Füße sich immer noch vor und zurück bewegten, weil sie keine andere Bewegung mehr kannten, und wie er dann in seinen letzten Momenten endlich feststellen würde, dass es keinen besseren Ort gab als den, den er hinter sich gelassen hatte, dass alles, was geht, entweder irgendwann zurückkehrt oder auf immer verloren ist, dass er sich mehr Schmerz zugefügt hatte als uns mit dieser Entscheidung.

In sehr dunklen Nächten, wenn ich es gar nicht ertragen

konnte, im Haus zu sein, hatte ich im Garten unter den Sternen gelegen und an ihn gedacht, auf genau diese Art. Wie ziellos und endlos er gehen würde, immer nur gehen, fort von uns.

Wut und Hass sind Dinge, die einem ein bisschen Frieden schenken können, manchmal. Aber wenn man nicht aufpasst, dann zerfressen sie einen wie Holzwürmer.

Ich glaube, ich habe Vaters Geschichten unrecht getan, weil sie am Ende auch nichts anderes waren als Verstecke. In ihnen hat er gekauert, das einzige Versteck, in dem er vielleicht wirklich gefunden werden wollte, ich weiß es nicht, ich habe dort nicht allzu gründlich nach ihm gesucht.

Aber ich weiß, er hat seine Ängste vergraben in diesen Geschichten, sein ganzes Unglück, alles, was neben der Wut kaum einen Platz fand in seinem Leben, und heute kann ich das weder richtig noch falsch finden, ich finde es überhaupt nicht und wünschte nur, ich würde es nicht nach und nach besser verstehen.

76

Jora findet einen alten Projektor in einer der Kisten. Auch das weiß sie nicht, wie gefährlich das ist. Wie oft man etwas findet, das gar nicht gefunden werden sollte.

Ich weiß, wieso ich längst aufgehört habe, nach irgendwas zu suchen. Im Haus und auch sonst.

Jora fragt: »Meinst du. Wir kriegen ihn zum Laufen?«

Ich will ihn nicht zum Laufen bringen. Wirklich nicht. Ich will nicht, dass irgendwas hier oben wieder zum Leben erwacht. Und ich finde die Kraft, das Jora zu sagen.

Ich habe eine vage Vorstellung, was auf diesen alten Filmrollen sein könnte und auf den Diaaufnahmen, das alles stammt noch aus Vaters Kindheit, an die ich mich nicht erinnern kann, weil ich nicht am Leben war. Kurz kommt mir das sehr abstrus vor. Dass man sich nur an die eigene Lebensspanne erinnern kann und an sonst nichts, dass man sich nicht speisen kann aus dem Gedächtnis der anderen. Dass man auf sich selbst begrenzt bleibt.

Dass ich auch meine Eltern nicht kannte, bevor sie meine Eltern waren.

Jora steht da, die kaputte Kamera am Lederriemen über die Schulter gehängt, den Projektor in den Armen. »Wovor. Fürchtest du dich so?«, will sie wissen.

Wie überhaupt jeder auf dieser Welt, bevor man ihn kennt. Wie sehr man doch glauben will, dass die Leute erst anfangen zu existieren, wenn man sie kennenlernt.

Ich stelle eine Rückfrage: »Wonach genau suchst du eigentlich?«

Da sagt sie dann erst mal nichts.

»Was gibt es hier denn groß zu finden, deiner Meinung nach?«

Sie sagt nichts. Sie schaut hin und her zwischen mir und dem Projektor, als müsste sie sich entscheiden.

Dann spricht sie: »Ich will's verstehen.«

Ich frage: »Und was?«

Sie sagt: »Alles. Alles.«

Das kann sie nicht. Ich sage es ihr. Das kannst du nicht. Warum solltest du das überhaupt wollen.

Wieder schweigt sie kurz. Sie atmet laut, wirklich sehr laut, wenn sie aufgeregt ist, das kenne ich inzwischen schon, als müsste die Luft in ihren Lungen weite Umwege nehmen auf dem Weg nach draußen. »Ich verstehe manches.«

Ich starre sie nur an. Ich fühle mich ein bisschen fiebrig hier oben.

»Der Junge in der Geschichte«, sagt Jora und atmet stoßweise aus. »War dein Vater. Richtig? Ich habe ein Foto gesehen.

Im Haus. Ihm haben zwei Finger gefehlt. Ich nehme an. Er hat seinen Bruder verloren.«

Sie sucht sich die Stücke der Geschichte selbst zusammen, merke ich da. Sie sucht gründlicher nach der Wahrheit.

»Ich nehme an. Das war seine Art. Über diese Dinge zu sprechen. Anders ging's nicht.«

Was niemand erzählen kann, spinnt man zu seiner eigenen Geschichte zusammen.

Ich bitte sie, damit aufzuhören.

Ich sage: »Du kennst meinen Vater nicht.«

Ich sage: »Du kennst uns alle nicht.«

Sie sagt nichts zu ihrer Verteidigung. Und ich weiß auch nicht, ob sie sich überhaupt verteidigen muss, ob ich sie überhaupt angegriffen habe. Ihre Tümpelaugen wandern den Boden entlang, verlieren sich in der Holzmaserung, tropfen zwischen die Dielen, ganz bestimmt.

Nein, denke ich, ich kenne dich nicht, ich kenne nichts von dem, das existiert hat, bevor du vor unserem Hoftor standst. Ich weiß nicht, wie man jemanden kennt. Ich weiß nicht, wie das geht.

Ich bitte Jora, die Tür zum Dachboden zu verschließen, später, wenn sie gefunden hat, was sie sucht. Ich bemühe mich, neutral zu klingen.

Sie fragt mich, ob es wirklich das wäre, was ich wollte.

Ich sage ihr, dass ich es nicht weiß. Dann lasse ich sie mit dem Dachboden allein. Ich stelle mir vor, wie er sich hinter mir einfach auflöst, wie es erst die Ziegel wegweht und die Dachbalken, den Schreibtisch, die Kisten, die Holzdielen, wie sich alles in seine Einzelteile und dann in Luft auflöst, wie alles in einem schwarzen Loch verschwindet, und dahinter bricht die Welt auf und ist nicht wiederzuerkennen.

77

In meinem Zimmer nehme ich die Kamera vom Schreibtisch, die Jora für mich vor dem Wilmersee gerettet hat. Ich hänge sie mir über die Schulter.

Im Flur blinkt der Anrufbeantworter. Ich höre ihn nicht ab.

Ich nehme mein Fahrrad, die Schwerkraft treibt mich die Pfingststraße runter, und ich denke, so ist das, so hat sich das schon immer angefühlt. Als würden unsichtbare Kräfte bestimmen, wohin es mich trägt.

Ich denke an Vater. Und ich denke, dass man die Zeit nicht einfangen kann, es nicht versuchen sollte. Manches, denke ich jetzt, gehört vielleicht wirklich einfach vergessen. Das, was nicht vergessen werden kann, lockt im Kopf die Motten an und die Holzwürmer. Was dann übrig bleibt, ist sowieso nicht mehr die Wahrheit. Die Wahrheit hat es vielleicht nie gegeben. Vielleicht ist das in Ordnung so.

Ich frage mich, ob mein Vater inzwischen irgendwo angekommen ist.

Die Straßen, der Dorfplatz, der Kirchturm mit den hellen, hohlen Glocken, die spärlichen Straßenlaternen um den Platz herum, die ausdünnen, je weiter man sich vom Dorfkern entfernt, kein Nachtlicht dort, wo wir wohnen. Die leeren Blumenkästen vor den Fenstern, die Holzzäune, die Häuser, die mit ihren Fenstern wie Gesichter aussehen und mir nachschauen, die heruntergelassenen Rollläden wie Augenlider. Mir ist das alles nie klein vorgekommen.

Aber jetzt tut es das plötzlich.

Wenn ich die Zeit zurückdrehen könnte. Tatsächlich zurückdrehen. Wie wenig sich doch ändern würde an der Art, wie die Häuser ruhig und versteckt hinter den Bäumen lauern, die Menschen aufgebäumt hinter den Fenstern wie Katzen, die zum Sprung ansetzen und dann doch nie springen. Wie wenig sich doch irgendetwas ändern würde.

Am See angekommen, lasse ich mein Fahrrad ins Gras fallen und gehe so nah ans Ufer, wie ich kann, wie ich es mir selbst erlaube.

Ich streife die Schuhe ab.

Aber ich schaffe es nicht, den Fuß ins Wasser zu halten. Das Wasser muss kalt sein, so eiskalt, dass in mir alles stehen bliebe, wenn ich es berühren würde, denke ich, also stehe ich nur da und lausche. Da sind nur der Wind und die Krähen. Keine Walgesänge.

Kurz wage ich es, mich über das Wasser zu beugen. Vorsichtig, halb, weil ich mich fürchte vor dem, was ich dort in der Spiegelung entdecken könnte, und halb, weil ich fast erwarte, dass etwas durch die Oberfläche brechen und an Land kommen könnte, die Vorstellung ist übermächtig, ich ziehe mich schnell wieder zurück.

Ich nehme meine alte Kamera. Ich klappe sie auf, nur Rost und Feuchtigkeit, von innen verkommt sie. Der Mechanismus, der den Film weiterziehen sollte, klemmt und rebelliert gegen jeden Versuch, ihn in Gang zu setzen. Nicht alles kann ins Leben zurückgeholt werden, denke ich.

Wie unglaublich es ist, eigentlich, dass es bei mir einmal geklappt hat. Dass ich zwar bestimmt nichts zurückgeholt habe, aber einmal zurückgeholt wurde. Dass ich aus diesem See wieder aufgetaucht bin, obwohl so vieles darin verschwunden ist.

Ich hole aus, lege in meinen schwachen Wurfarm so viel Kraft, wie ich kann, ich werfe und lasse los. Weil nicht alles zurückgeholt werden sollte.

Die Kamera segelt langsam, unendlich langsam durch die Luft. Und findet dann zurück nach Hause.

Es gibt Dinge, die gehören dem Wasser.

78

In der letzten Nacht, der allerletzten Nacht, hatte ich schon
verlernt zu schlafen.

Ich erinnere mich, dass es schon am Tag davor geregnet hatte, aber nur kurz, der Herbsttag war warm und weich und die
Straßen schnell wieder trocken. Und in der Nacht war ich dann
im Garten, saß unter den Bäumen und las im lauen Lichtkegel
der Taschenlampe. Ich aß einen Apfel und spuckte die Kerne
bis rüber zum Schuppen, zum ersten Mal überhaupt. Darauf
war ich geradezu lächerlich stolz. So eine kindische, peinliche
Art von Stolz, die sich aber verdammt gut anfühlen kann.

Vor mir lag das Haus im Tiefschlaf. Ich hatte August nach
Hause kommen sehen von der Spätschicht, Ingrid hatte den
ganzen Tag über das Haus nicht verlassen, aber als sie gegen
Mitternacht das Licht löschte, schaute sie raus in den Garten
und sah mich dort sitzen. Ich schaute zu ihr hoch. Und für einen Moment wusste ich nicht, ob sie mich überhaupt sah oder
wusste, dass ich zurückschaute, aber dann hob sie die Hand

und winkte, und ich winkte zurück, und dann ging das Licht aus, und plötzlich war die Nacht so ruhig und sternenklar und ich auf so komische nichteinsame Art vollkommen allein, dass ich dachte, dieser Moment würde wie Glas zerspringen, wenn ich mich jetzt auch nur einen Zentimeter vom Fleck bewegte.

Mein Buch handelte von Urknalltheorien. Also, nicht vom Urknall selbst, dieser angeblichen Explosion aus dem Nichts, die alles erschuf, ich meine die gemeinsame Entstehung von Materie, Raum und Zeit. Der Punkt, an dem das Universum sich so sehr verdichtet, dass es in seiner Dichte quasi unendlich wird.

Ich las und las und legte das Buch dann doch immer wieder weg, weil ich mich kaum konzentrieren konnte. Irgendwie war dafür alles zu ruhig, ich selbst war zu ruhig, da war kaum Wind in den Bäumen, und ich konnte nicht an Quantentheorien denken, die ich sowieso nicht richtig begriff, weil mir dafür der Horizont fehlte. Alles um mich herum kam mir plötzlich so simpel vor, unerträglich leicht zu verstehen, ich konnte es nicht mit schwierigen physikalischen Gesetzen in Verbindung bringen.

Es regnete dann irgendwann. Ich floh auf die Veranda. Da hörte ich die Haustür.

Es war Ingrid.

Sie trug einen von Augusts großen Kapuzenpullovern und Mutters Gartenstiefel.

Ich fragte: Wohin gehst du?

Sie sagte: Ich will mir mal die Nacht anschauen. So wie du.

Sie war sehr ruhig. Sie hielt meinem Blick stand, sie sprach klar und deutlich. Als ich fragte, ob ich sie begleiten sollte – ich hoffte, dass sie Nein sagen würde, ich wollte gar nicht raus in diesen Regen –, nahm sie mich in den Arm. Ich umarmte sie steif zurück. Weil spontanes Umarmen etwas ist, das mir nicht liegt, das ich eher nur anderen zuliebe über mich ergehen lasse. Sie roch nach Zigarettenrauch.

Sie war wirklich sehr, sehr ruhig. Sie fragte mich, ob mein Buch gut wäre, was da denn drinstünde, in diesen komischen Physikbüchern, die August immer im Buchladen unten am Marktplatz für mich bestellen musste.

Ich erklärte ihr das kosmologische Prinzip. Oder versuchte es zumindest. Vielleicht erzählte ich ihr auch Unsinn.

Ich weiß es nicht mehr.

Verdammt, ich weiß nicht mehr, wie genau ich ihr das kosmologische Prinzip erklärte.

Sie nahm die Autoschlüssel vom Haken. Und zog ihre Regenjacke an und zog die Tür hinter sich zu. Dann hörte ich den Motor, Scheinwerfer durch die Vorhänge im Wohnzimmer, dann war sie weg.

Und ich wusste es.

Ich schwöre, ich wusste es.

Wie ein siebter Sinn, den ich besaß, immer besessen habe, wie jeder von uns. Darum wusste ich es, als könnte ich in die Zukunft schauen, und ich stand dort, die Hände kalt um mein Buch geklammert, und rührte mich nicht, dachte an alles und rein gar nichts, kurz war da Panik in meiner Brust, wilde, wütende Motten in meinem Kopf, ich geriet in die gleiche komische Endzeitstimmung wie damals, als Vater ging.

Aber ich rührte mich nicht.

Ich rührte mich einfach nicht.

Und ich konnte später nicht mal mehr sagen, wieso ich mich nicht rührte, ob ich mir selbst einfach nicht glaubte oder ob es etwas anderes war, ich weiß nur, dass ich dort stand und dann hoch ins Zimmer ging und das Buch über den Urknall ganz oben aufs Regal legte, wo es noch immer liegt, ganz zugestaubt, ich habe es nie beendet.

Draußen: die Nacht. Und die Straße. Die nasse, nasse Straße. Die Böschung. Am Ende der Böschung der See.

Ich ging nach unten in die Küche, wie benommen. Machte die Kirschmarmelade auf, die Ingrid eingekocht hatte, obwohl ich nicht hungrig war, und das Glas glitt mir aus der Hand und zerbarst auf den Dielenbrettern. Ich versuchte, die Scherben aufzulesen, aber schnitt mir nur in den Finger, und dann war auf meiner Handfläche Blut von Marmelade nicht mehr zu unterscheiden, und ich starrte auf meine Hand und musste plötzlich weinen, still vor mich hin, und konnte nicht aufhören.

Und ich kann nicht sagen, wieso ich weinte. Ob ich weinte wegen allem, was passiert war, oder dem, was passieren würde, oder wegen meiner Unfähigkeit einzugreifen, wegen meiner Schwäche, wegen meiner eigenen Mitschuld an allem, absolut allem – oder ob ich um mich selbst weinte, in meinem schier endlosen Egoismus, als wäre ich am Ende doch die Sonne gewesen in diesem vernarbten Universum, das ich bewohnte.

79

Als ich nach Hause komme, blinkt der Anrufbeantworter nicht mehr. Ich frage August, ob er ihn abgehört hätte, er steht in der Tür zum Wohnzimmer und schüttelt den Kopf.

»Wo ist Jora?«

Sie sei spazieren gegangen, sagt August.

Sie habe ein wenig durcheinander gewirkt, sagt August.

Wir schauen uns an. Im Haus ist es still. Für einen Moment sind wir allein mit allem, was nicht mehr hier ist, allen, die nicht mehr sind. Ich weiß, welche Formen diese Abwesenheiten für August annehmen, welche Namen und Gesichter sie haben, wir teilen sie, es sind dieselben. Mit Jora ist es anders. Ich habe keine Ahnung, wie genau Joras Gespenster aussehen. Ich kann ihre Umrisse nicht erahnen.

Ich frage: »Glaubst du immer noch, sie lügt?«

August sagt: »Ich weiß es nicht.«

Wir hören den Anrufbeantworter ab. Es ist Mutter. Ihre Stimme ist rau. Sie könnte vor Weihnachten zu Hause sein, wenn wir das wollten. Inzwischen wäre der Weg ja kürzer. Wir sollten sie doch mal zurückrufen.

Wir tun es nicht.

Ich gehe nach oben und trete in die Kammer, schaue die Leiter zum Dachboden hoch. Die Luke an der Decke hängt weit offen.

Als es draußen dunkel wird und Jora noch nicht zurück ist, trage ich meine Nachttischlampe nach unten ins Wohnzimmer. Ich knipse sie an und stelle sie ans Fenster. Damit Jora noch nach Hause finden kann, wenn sie das möchte.

80

Das kosmologische Prinzip besagt, dass der Weltraum immer gleich aussieht, ganz egal, aus welcher Perspektive man ihn betrachtet. Die Beobachtungsrichtung ist egal. Alles bleibt letztendlich gleich. Immer.

81

Jora kommt zurück. Über Nacht hat es ein bisschen geschneit, der Schnee liegt dünn in den Apfelbaumzweigen.

Ich stehe im Garten, als ich höre, wie August die Haustür öffnet. Die Stimmen erreichen mich hier kaum. Die Apfelbäume, ein Friedhof. Ein Baum für jeden, den mein Vater verloren hat. Einer davon für seinen Bruder. Einer für Alice. Für Ingrid konnte er keinen mehr pflanzen, er hat sie überrundet, hat es geschafft, vor ihr verloren zu gehen. Und sowieso konnte er auf diese Art niemanden erhalten.

Ich wünschte, ich hätte irgendwann die Kraft gehabt, ihm das zu sagen.

Ich habe keine Ahnung, wo Jora war, und sie erzählt es mir nicht. Sie nimmt die Tasse Tee an, die ich ihr reiche, und sitzt dann in Vaters Sessel, die Beine angezogen.

Mutter hat auch immer so gesessen, denke ich unvermittelt. Mutter hat sich auch immer klein gemacht in jeder Position, sich eingefaltet und gebückt beim Stehen und Gehen und

Sitzen, immer darauf geachtet, nicht zu viel Platz einzunehmen.

Jetzt fällt mir zum ersten Mal auf, dass Jora das auch tut. Jora ist jemand, der sich klein macht.

Ich erwarte, dass sie mich etwas zu Vater fragt oder zu Mutter oder zu Ingrid. Ein bisschen erwarte ich auch, dass sie sich entschuldigt.

Sie tut nichts davon.

»Was wirst du tun«, fragt sie, »wenn das Haus mal nicht mehr ist. Oder wenn. Du nicht mehr hier sein möchtest.«

Ich, nicht mehr hier. Was für eine absurde Vorstellung. Schwemmt alles auf, treibt es davon, irgendwohin, woandershin.

»Ich weiß es nicht«, sage ich.

Ich bin klein, mein Herz ist rein, ich möchte nie woanders sein. Oder wie auch immer das ging.

»Wenn du an dich denkst«, sagt Jora, »an dich. Nur an dich. In vielen Jahren. Was siehst du da?«

Fast finde ich die Frage witzig. Aber ich lache nicht. Ich denke nach, etwas zu lange wahrscheinlich, bis Jora mich wieder unverhohlen anstarrt mit ihren neugierigen Augen – und schließlich sage ich das, was ich für die Wahrheit halte. »Ich sehe mich hier. Im Garten. Ich habe die Apfelbäume gefällt und große Beete mit Gemüse und Tulpen angelegt. Und ich knie in der Erde und trage einen großen, wirklich hässlichen Schlapphut.«

Ich sage das mit einer enormen Ernsthaftigkeit, für die mich früher in der Schule alle ausgelacht haben, die Jora aber annimmt, sie schaut mich an und nickt nur.

Wahrheiten sind nicht Wahrheiten, weil sie alternativlos sind.

»Verstehe«, sagt Jora. Im Verstehen möchte sie gut sein. Ich kann noch nicht wissen, ob sie es ist.

»Ich stelle mir vor«, sage ich, »dass ich hundertfünfzig Jahre alt bin. Der letzte Mensch der Welt. Und ich erinnere mich an alles, und mein Kopf läuft über.«

Jora sagt: »Das hört sich. Sehr anstrengend an.«

»Ja«, sage ich, »das ist es auch.«

Wenn ich den Gedanken weiterspinne, sehe ich, wie ich alt werde, sehr, sehr alt, so alt, dass mein Name und alles, was passiert ist, in so weite Ferne gerückt sind, dass ich mich nicht daran erinnern muss, zumindest nicht jeden Tag. Ich bin so alt, dass meine Familie in meinem eigenen Gesicht nicht mehr zu erkennen ist. Und ich bin allein, aber nicht einsam. Denn manchmal kommt jemand vorbei – vielleicht August, vielleicht Jora, jetzt, da Jora da und eine Möglichkeit ist, vielleicht sogar Mutter oder Vater oder Ingrid oder etwas, das ich mal gewesen bin und jetzt nicht mehr, vielleicht Alice, und dann sitzen wir in der Küche beisammen und erinnern uns gemeinsam an absolut alles. Ich bin allein, aber nicht einsam, und es macht mir nichts aus, auf die anderen zu warten.

Das sage ich Jora natürlich nicht.

Aber Jora schaut mich an mit einer Betroffenheit, als hätte ich es gesagt.

Sie entschuldigt sich. Ich habe nicht mehr damit gerechnet. Sie stellt ihre Tasse ab und sagt: »Ich wollte dich nicht. Verletzen.«

»Ich weiß«, sage ich, und: »Hast du nicht.«

Was eine Lüge ist. Aber ich fange langsam an zu glauben, dass es Leute gibt, die sie vielleicht verdient haben, eine solche Lüge.

82

Ich war achtzehn, fast neunzehn, und Mutter war da, aus dem Nichts.

Sie war hier, und gemeinsam hatten wir etwas in die Erde herabgelassen, das für mich nur bedingt mit Ingrid zu tun hatte.

Mutter saß im Wohnzimmer und trank Tee, und ihre Wimperntusche war kreuz und quer in alle Richtungen verlaufen, aber ich war wütend genug, ihr vorzuwerfen, dass sie nicht um Ingrid geweint hatte, sondern um ihre vertane Chance, sich von Ingrid auf bessere Art zu trennen. Weil sie nichts zu ihr hatte sagen können, weil sie nichts hatte tun können, weil man nichts sagen oder tun kann, wenn man nicht da ist. Etwas in der Art. Ich hatte noch niemandem irgendetwas vergeben.

Sie war ganz fremdartig gekleidet, schick, in einem schwarzen Hosenanzug. Die Haare trug sie hochgesteckt, einzelne Strähnen gewollt gelöst, sie fielen ihr in die Stirn. Mutter hatte sich verändert in der großen Stadt. Ihre Stimme kam mir lauter vor, dringlicher. Musste jetzt durch Büropappwände schallen können. Sie dröhnte mir in den Ohren. Es würde jetzt anders werden, sagte Mutter mit dieser Stimme, die mir ins Mark fuhr, sie wäre jetzt da, wir könnten das alte Haus verkaufen, sie hätte Arbeit gefunden, etwas weiter im Norden, irgendwo zwischen hier und ihrem anderen Leben im Süden. Wir könnten fortgehen, neu anfangen irgendwo, wirklich ganz neu anfangen, nur wir drei. Wie wir das finden würden.

Viel zu spät. So fanden wir das. Das wurde nicht ausgesprochen, das stand im Raum, das hing von der Decke, kroch in alle Ecken, zersetzte sich dort.

Sie wagte es, uns zu ermahnen: Sie habe sich das nicht ausgesucht. Es sei nie anders gegangen. Sie habe in der Stadt viel zurückgelassen, um wieder bei uns zu sein, ob wir das denn nicht wüssten. Die Opfer, die sie gebracht hätte.

Wir kannten sie nicht. Wir wussten von nichts.

Eine Weile schwiegen wir uns nur an, dann ging sie zum Telefonieren nach draußen. Durch die Verandatür beobachteten wir sie. Die Schuhabsätze wie Gewehrschüsse auf den Holzdielen, es scheuchte die Krähen auf. Sie gehörte nicht mehr hierher.

August sagte: Da ist ein Mann.

Er klang aufgeregt und teilnahmslos zugleich, als wüsste er sich zwischen diesen Gefühlen nicht zu verorten.

Ich sag's dir, da ist ein Mann. Ich hab sie vorhin schon streiten gehört, am Telefon. Sie hat da einen Mann in der Stadt, vielleicht eine andere Familie.

Ich sagte nichts dazu. Die Vorstellung von Mutter in einem anderen Wohnzimmer, zwischen anderen Kindern, mit jemand anderem an ihrer Seite als Vater, sie berührte mich nicht. Sie berührte mich so dermaßen wenig, ich erschrak vor mir selbst.

Mutter kam zurück. Sie fragte August, ob er vielleicht auf dem Klavier etwas für sie spielen wollte, etwas von irgendeinem Jazz-Pianisten, den sie mochte, das würde ihr sehr gefallen, könnte er ihr diesen Gefallen nicht tun? Beinahe drängte sie ihn.

August schaute mich an. August schaute sie an. August sagte: Nein.

August und ich, eine Einheit, am Ende dann doch.

Wir zeigten ihr die kalte Schulter.

83

Der Herbst kommt hier immer sanft und vorsichtig, der Winter immer schnell und heftig. Überrennt alles. In der Nacht bilde ich mir ein, die Eiskristalle auf den Fensterscheiben knarzen zu hören.

Ich krieche zu Jora ins Bett, und sie macht mir so selbstverständlich unter der Decke Platz, als hätten wir schon immer zusammen existiert oder als könnten wir gar nicht mehr ohneeinander. Sie hält mich fest.

Ich kann schlafen, fast schon richtig traumlos schlafen, wenn ich sie neben mir atmen höre.

An einem Punkt in der Nacht sind wir beide wach und schauen uns an, alle Vorhänge sind offen, der Raum ist hell vom Mondlicht.

Ich höre sie flüstern: »Vertraust du mir?«

Ich weiß nicht, ob ich darauf eine Antwort habe. Ich sage: »Ich möchte es gerne.«

Ich frage: »Vertraust du denn *mir*?«

Sie nickt. Sie denke schon, sagt sie.

»Bist du hier«, setze ich an, »weil du nach etwas suchst?«

Es muss so sein. Ich weiß, dass es so sein muss, aus keinem anderen Grund kommt man hierher, man muss nach etwas suchen. Ob es hier etwas zu finden gibt, ist eine andere Frage. Jora gibt keine Antwort. Ich weiß, wie ich das zu nehmen habe.

»Sagst du mir, was es ist?«, frage ich.

»Ja«, sagt sie. »Sobald ich weiß. Wie.«

Das verstehe ich, das verstehe ich wirklich, das kann ich akzeptieren. »Vielleicht«, sage ich, »kann ich dir auch irgendwann alles erzählen. Wenn ich weiß, wie.«

Sie sagt: »Und ich dir.«

Ich kann noch nicht wissen, dass sie das Versprechen auch halten wird. Gerade bin ich mir nicht sicher, was ich glauben soll, ich glaube bloß, dass es immer weniger wichtig wird, woher sie gekommen ist, mit jedem Tag, der vergeht, verliert es an Bedeutung. Alles bewegt sich sowieso nur geradeaus.

Jora sagt: »Ich möchte dir. Etwas geben.«

Ich sage: »Okay.«

Sie schaut mich an, hält mich mit den Augen fest, ich kann mich nicht rühren. Sie fragt, ob ich bereit wäre. Als müsste ich mich auf einen Kampf vorbereiten. Ich habe keine Ahnung, wofür genau ich bereit sein muss.

Ich sage: »Ich weiß es nicht.« Man kann nicht richtig bereit sein für etwas, von dem man weiß, dass es kommen, aber nicht, was genau es sein wird.

Sie beugt sich zu mir rüber, stützt sich auf die Unterarme, ihr Gesicht schwebt über meinem. Gleitet an meinem vorbei.

Ihr Mund ganz dicht an meinem Ohr, ich spüre ihren Atem auf den winzigsten Härchen. Kurz denke ich, dass sie mir jetzt doch schon alles erzählen wird, ihre ganze Geschichte, die Dinge, von denen ich an einem sehr tiefen Ort in mir weiß, dass sie existieren und mir vorenthalten wurden, bislang. Aber Jora erzählt mir nichts. Hat keine Sätze für mich.

Jora sagt nur ein einziges Wort.

Ich höre es. Starre an die Decke, wo das Mondlicht gerade so fällt, dass ich sehen kann, wo die Holzbalken beginnen und aufhören. Etwas fügt sich neu zusammen.

»Sag das noch mal«, sage ich.

Sie tut es.

Es fühlt sich an, als würde etwas, das ich zu lange ausgesperrt habe, jetzt endlich hereinwollen.

Jora sagt: »Was man verliert. Kann man auch wiederfinden, weißt du.«

Was man wiederfindet, kann man aber auch wieder verlieren, denke ich, dieses Risiko ist immer da, die Frage ist nur, ob man es eingehen möchte. In diesem Moment weiß ich nicht, ob ich das will. Ob es richtig ist, sich hier und jetzt an etwas festzuklammern, das verschwinden könnte oder vielleicht gar nicht da ist.

Ich sage: »Ich glaube, ich möchte jetzt schlafen.«

84

Die Vergangenheit.

August und ich, allein am Küchentisch. Vater war fort, Ingrid war fort, wer auch immer ich gewesen war, bevor ich meinen Namen verloren hatte, war es auch. Mutter war wiedergekommen, und wir hatten sie weggeschickt. Sie hatte sich wegschicken lassen. War gegangen mit dem Versprechen, sich zu kümmern, uns Geld zu schicken, uns zu besuchen und da zu sein, wenn wir sie denn bräuchten, immer. Ich habe selten jemanden so elend gesehen wie sie in diesem Moment. Aber wir haben beide nichts dazu gesagt, August und ich. Wir haben sie allein gelassen in ihrer Trauer, haben unsere nicht mit ihr geteilt.

Wir waren übrig, und das Haus atmete alles, alles ein und nur uns wieder aus, und da saßen wir dann in dieser gähnenden Leere, die uns verschlucken würde, früher oder später, das wussten wir beide. Das glaubten wir zu wissen.

August fragte: Was nun?

Ich sagte: Vielleicht warten wir einfach.

Worauf, wusste ich selbst nicht. Aber August fragte nicht nach.

Ich dachte, die Wahrheit sähe immer gleich aus, egal, aus welcher Perspektive man sie betrachtete.

Sie hatten Vaters Auto aus dem See gezogen, und Ingrid mit ihm. Das Auto stand jetzt in der Garage. Ingrid nicht. Ingrid war nirgends. Ingrids Körper war irgendwo, sie selbst war nirgends. Aber ich glaubte das nicht, ich las und las und dachte, die Zeit wäre auf meiner Seite, in der Natur der Zeit lag es, immer und überall zu passieren, alle Momente, die ich mit Ingrid geteilt hatte, waren noch da. Ich musste sie mir nur präsent halten, wieder und wieder und wieder. Ich durfte sie nur nicht endgültig vergehen lassen.

Ich erzählte August davon. Er schüttelte den Kopf. Du kriegst die Motten, ich sag's dir, du kriegst die Motten.

Wir redeten aneinander vorbei.

An einem Abend stritten wir, er schrie Unverzeihliches. Das heißt, vielleicht hätte ich ihm verzeihen können, was er mir ins Gesicht schrie, aber nicht die Art, wie er es tat. Dass ich mich endlich wie ein normaler Mensch verhalten solle. Das schrie er und kam mir nahe, viel zu nahe dabei. Dass wir nicht gefangen bleiben könnten in diesem Käfig, ich wusste nicht, wie er das meinte, was genau sein Käfig war, unser Haus oder die Erinnerung daran. Er schmiss das Geschirr vom Tisch. Ich stand da und starrte die Scherben an. Das war nicht allzu schlimm, fand ich, das konnte ich verzeihen. Die Teller hatten sowieso zu viele Risse gehabt.

Aber er brüllte wie Vater, und er packte mich am Arm wie Vater, und da floh ich nach oben und knallte die Tür zu und fing an, mit Ingrid zu sprechen.

85

Der Schnee bleibt nicht liegen. Die Bürgersteige halten ihn nicht. Aber das Licht bei Wintereinbruch kommt mir immer unendlich hell vor, viel heller als im Sommer, obwohl der Himmel immer nur weiß und leer ist.

Die Stille im Haus ist übertönt. Rausgespült, eine gewaltige Flutwelle ist gekommen und hat sie mit sich davongetragen, ich schaue durch die Dielentür hinein in die Küche, und dort sitzen Jora und August und reden und schweigen und schälen Kartoffeln, und ich bin müde, wirklich sehr müde, als hätte sich die ganze Müdigkeit aufgespart aus all den Nächten, in denen ich nur halb geschlafen habe oder gar nicht. Und als würde mein Körper mir jetzt erlauben, müde zu sein, so richtig müde.

Im Kachelofen knackst ein Feuer. Das Radio läuft – es rauscht ein bisschen, aber es läuft. Die Scheiben sind von innen etwas beschlagen. Kondenswasser sammelt sich auf den Fensterrahmen. August redet, und Jora lacht. August erzählt ihr die Geschichte mit dem Specht, unaufgefordert. Wie er tot auf der

Veranda gelegen und wie mich das traurig gemacht hatte und wie Vater dann glaubte, ich hätte ihn auferstehen lassen, als er plötzlich doch noch am Leben war. Der Drang, August zu korrigieren, zu sagen, dass es Alice gewesen sein musste, nicht ich, ist noch da. Aber ich lasse ihn nicht raus.

Vaters Geschichte über mich und den toten Vogel war reine Erfindung – ich habe nie irgendetwas ins Leben zurückholen können. Aber das heißt nicht, dass es für andere unmöglich ist.

Mein Kopf hat auch längst neue Szenen errichtet, knüpft die Dinge neu zusammen. Ich habe geträumt, ich wäre an einem frühen Morgen aufgestanden und hätte sie alle in der Küche vorgefunden, Mutter und Ingrid und August und Jora, und August hat Klavier gespielt, Mutter hat mitgesummt, Ingrid hat Jora aus der Zeitung vorgelesen. Alice saß nicht mehr da mit ihrer Wachskreide. Alice war nirgends, ich suchte auch nicht weiter nach ihr. Da war nur ich. Mutter hat mir Tee eingeschenkt und sich zu mir gesetzt. Der Tee hat so süß geschmeckt, ich konnte ihn nicht austrinken. Mutter hat von ihrer Kindheit erzählt. Als sie klein gewesen sei, habe es in den Wäldern ihrer Heimat einen Erdhügel gegeben, und die Großmutter behauptete fest, das wäre ein Fuchsbau. Aber es war keiner. Mutter hat dort nie auch nur einen einzigen Fuchs gesehen. Vermutlich war es nur ein Erdhügel gewesen.

Trink deinen Tee, sagte sie zu mir.

Ich bin aufgewacht und war kurz überzeugt, das wirklich erlebt zu haben.

86

An einem Nachmittag Anfang Dezember komme ich die Holztreppe hoch, und August steht in Ingrids Zimmer. Das erste Mal seit Monaten, dass ich es ihn betreten sehe. Er dreht sich zu mir um: »Denkst du nicht, es wird Zeit?«

Ein Teil von mir möchte so tun, als wüsste er nicht, wovon er spricht. Aber ich nicke dann doch nur. Aus den Holzrahmen im Flur starren mich drei Generationen meiner Familie an.

Sie haben hier kein Mitspracherecht.

August und ich holen die Kisten aus dem Keller.

87

Am Anfang sprach Ingrid wie Mutter. Mutter, wie ich sie als Kind gekannt hatte. Warme Stille, warme Hände. Als hätte mein Kopf sich erst ausrichten müssen, die Stimme der einen von der anderen trennen, den richtigen Sender finden. Ich hatte nie mit Mutter sprechen wollen. Und trotzdem saß Ingrid dann in der Nacht an meinem Bett und trug Mutters weißes Nachthemd. Ich konnte nicht einschlafen.

Ich dachte an Alice, auch an sie, und ich sah sie, ich richtete mich auf und glaubte, sie in der Fensterscheibe zu entdecken, sie stand auf der anderen Seite und schaute zurück. Ich wusste, sie würde ich nicht hereinlassen dürfen.

Ingrid aber versprach mir, sie würde hierbleiben und auf mich aufpassen, sie würde mich nicht verlassen, das schwor sie auf die Wurzeln und den Stamm und die Krone. Und sie würde mir eine Geschichte erzählen, zum Einschlafen. Das tat sie auch: Als unser See noch kein See war, war der See eine Pfütze. Das erzählte sie mir. Als der See aufhörte, eine Pfütze zu sein, wurde er erst mal ein Teich. Und der Teich wurde ein Weiher. Und der kleine Weiher hätte ein Meer werden können.

Ich fragte sie, warum sie das erzählte, ausgerechnet. Ich sagte ihr, dass ich das nicht hören wollte.

In der Antwort fand ich Ingrid wieder. Dieser Geschichte kannst du vertrauen, sagte sie. Weil sie definitiv erfunden ist.

88

An dem Tag, an dem alles erklärt werden wird und gar nichts, stehen die Kisten dann da, als würde jemand umziehen. Aber Ingrid geht nirgendwohin, weil Ingrid nirgendwo mehr ist.

Sie hält uns nicht auf. Ich glaube, sie hat die Dinge akzeptiert, und ich glaube, das muss ich auch.

In einer der Kisten finde ich zwischen Ingrids Sachen ein Buch, das Marius gehört. Vorne steht sein Name drin, seine Adresse. Ich schlage es auf. Es ist ein Fachbuch über Thermodynamik, und ich habe keine Ahnung, wieso Marius so eins besessen hat.

Ich werde ihn nie fragen.

Jora ist im Wohnzimmer am Klavier, sie kann wirklich nicht spielen, so gar nicht spielen, immer nur schiefe Akkorde, aber ich mag inzwischen, wenn sie am Klavier sitzt. Ich stelle mir vor, dass so ein Klavier nur dann lebendig bleibt, wenn es gespielt wird. Sie hört mich auf der Treppe und dreht sich um.

Sie knetet ihre Hände.

Später möchte ich glauben, dass ich ihr so etwas wie Angst angesehen habe, oder Nervosität, oder Unsicherheit, manchmal ist das ein und dasselbe. Dass ich alles längst gewusst habe. Dass ich hätte fragen können, was sie mich auch schon gefragt hat: Wovor fürchtest du dich so?

Vielleicht hätte sie mir geantwortet. Vielleicht hätte das schon etwas verändert oder gar nichts, garantiert nicht alles.

So fragt sie mich nur: »Wohin. Gehst du?«

Und ich sage nur: »Ich gebe etwas zurück.«

Ob sie mitkommen solle, will sie wissen. Die Augen groß und ehrlich und nicht die Augen einer Lügnerin.

Ich sage ihr, dass ich ganz gern ein bisschen allein wäre. Aber später könnten wir zusammen kochen, wenn sie das wollte, und sie nickt, sie will.

Ich schaue noch nach August, sehe ihn aber nicht. Er wird schon zur Arbeit gefahren sein. Als ich zur Tür gehe, blinkt wieder der Anrufbeantworter. Ich weiß, es kann nur Mutter sein. Kurz bin ich versucht, die Nachricht einfach zu löschen, aber dann lasse ich sie blinken.

89

Ich stapfe die Pfingststraße runter, schlappe beim Gehen in Ingrids alten Winterstiefeln, die mir nicht richtig passen. Einerseits sind sie zu groß, andererseits drücken sie inzwischen vorne an den Zehen. Am Marktplatz biege ich rechts ab. Vor Wileskis Laden verkaufen sie heiße Maronen, hier und da hängen schon die Lichter in den Fenstern, leuchten und blinken mir den Weg.

Das Jahr liegt im Sterben. Es hat mir sogar genug Gründe gegeben, es zu vermissen, hinterher. Das hatte ich lange nicht. Das ist quasi neu.

Bei Marius sind die Rollläden runtergelassen, das Hoftor ist abgeschlossen. Kein Auto in der Einfahrt. Die Erle vor dem Haus hat längst alle Blätter verloren.

Ich drücke die Klingel am Tor. Niemand öffnet.

Im Vorgarten nebenan recht der Nachbar totes Laub zusammen, er spricht mich an: Sie wären wohl für einige Zeit verreist, hätte man ihm gesagt. Marius und seine Mutter. Über Weihnachten, vielleicht länger. Er wisse es nicht.

Ich will das Buch nicht in den Briefkasten werfen. Ich ziehe einen Kuli aus meiner Manteltasche, schreibe eine Notiz auf die Innenseite des Buchumschlags, direkt unter die Adresse. *Zurück an den Absender.* Ich ziehe den Mittelstrich beim *A* zu lang, als würde dieser Buchstabe mich verraten, so sehr entgleitet er mir. Fast bis zum Rand.

Marius wird schon verstehen, denke ich.

»Falls sie bald wiederkommen«, sage ich zum Nachbarn, »kann ich Ihnen das für sie hierlassen?«

Der Nachbar tut geschäftig mit dem Rechen. Fragt: »Jetzt gleich?«

Ich sage: »Ja.«

Ich sage: »Wissen Sie, *jetzt gleich* gibt's gar nicht. *Jetzt* erst recht nicht. Ist eine Illusion. Mein Jetzt kann zum Beispiel nie ganz Ihr Jetzt sein, weil die Schallwellen eine Weile brauchen, bis sie an Ihr Ohr gelangen, wenn ich etwas sage. Oder, was ich in das Buch geschrieben habe. Wenn Marius das liest, wird es sein Jetzt sein, aber nicht mehr meins. Diese zwei Jetzts können sich niemals treffen, verstehen Sie?«

Ich weiß nicht, ob er versteht. Er blinzelt. Ich glaube, ich bin mit einem seiner Söhne zur Schule gegangen, aber ich könnte mich auch irren. Habe das Gefühl, seine Augen schon in vielen Gesichtern gesehen zu haben.

Ich weiß, es gibt nicht das eine Jetzt. Es gibt viele dieser Momente. Nur aus einem späteren Jetzt heraus kann jemals irgendwas erzählt werden.

Ich lege das Buch auf den Zaunfosten und wünsche Marius' Nachbarn frohe Weihnachten.

90

Ich nehme einen Umweg nach Hause. Weg vom Marktplatz und zu den Feldern, dorthin, wo die Wälder beginnen. Über den Trampelpfad erreiche ich unseren Gartenzaun.

Jora ist allein in unserer Küche. In der man allein sein kann, wirklich allein, wenn man sie nie anders kannte, wenn keine Erinnerung sie großartig bevölkert. So ist das.

Ich laufe an ihr vorbei, hänge im Flur meinen Mantel auf.

Sehe, dass der Anrufbeantworter nicht mehr blinkt.

Diesmal bin ich mutiger.

»Hast du die Nachricht gelöscht?«

Jora schaut mich an, fast erschrocken. Sie sagt nichts.

Nichts zu sagen ist nicht das Gleiche wie lügen. Aber doch manchmal ziemlich nah dran.

»Jora.«

Jora betrachtet ihre Hände, als hätten sie ohne ihre Zustimmung etwas angerichtet.

»Ich glaube«, sagt sie, »ich muss vielleicht. Wieder nach Hause.«

An ihren Füßen lehnt ihr voller Rucksack, sehe ich da.

Ich schaue sie an. Will mir einreden, das kommen gesehen zu haben, aber das habe ich nicht, das habe ich wirklich nicht.

»Wieso musst du das?«

»Weil es Zeit ist.«

Ich verdiene mehr als so eine kryptische Antwort, finde ich, und das sage ich ihr auch. Und dass sie darauf nichts erwidert, das zeigt, dass sie mir zustimmt.

Sie sagt: »Ich kann nicht mehr bleiben. Das musst. Du mir glauben.«

Ich klinge kühl: »Hast du gefunden, was du gesucht hast?«

Darüber muss sie nachdenken. »Ja. Denke schon.«

»Und du willst mir nicht erzählen, was es war?«

»Doch«, sagt Jora. Sehr schnell, so, wie man etwas sagt, das man auch so meint und von dem etwas abhängt. Und noch mal: »Doch.« Und dann nichts mehr.

»Wieso tust du's nicht?«

»Weil ich nicht weiß. Ob mir das zusteht.«

Wir sitzen uns gegenüber und schweigen uns an. Eine ganze Weile. Haben beide die Hände flach auf dem Tisch abgelegt, als wollten wir uns zeigen, dass wir nichts bei uns tragen, das uns verletzen könnte, gegenseitig.

Aber das tun wir, natürlich tun wir das, die leeren Hände sind eine Lüge.

Jora steht auf, um Teewasser aufzusetzen.

91

Man kann seine eigene Geschichte erzählen. Man kann die Geschichte eines anderen erzählen, sich selbst und der Welt. Besonders schwierig ist das, wenn man eine Geschichte teilt, wenn es mehrere Versionen gibt. Und wenn es jemand wagt, seine zu laut zu erzählen. Darauf war ich wütend, fast mein ganzes Leben lang. Auf die Einmachglasgeschichten, in denen die Wahrheit zu etwas verkommen darf, das niemand mehr erkennt, hinterher.

Ich wollte nie die Einmachglasversion erzählen.

Aber es gibt keine Wahrheit, es gibt kein physikalisches Prinzip, das die Wahrheit erklären könnte, es gibt nur das Erzählen selbst und dass überhaupt irgendwas erzählt werden kann, das ist der einzig wichtige Beweis dafür, dass sie wirklich existiert, die Zeit, dass sie wirklich in irgendeine Richtung fließt. Und das ist letztendlich alles, was zählt.

92

Wir trinken unseren Tee aus. Am Boden der Tasse ist nichts herauszulesen.

Draußen wird es stockfinster, wir knipsen das Licht nicht an.

Ich warte darauf, dass Jora weit ausholt, vielleicht auch gar nicht weit ausholt, vielleicht kann sie später ansetzen, vielleicht gibt es keine lange Geschichte, nur ein paar Fakten.

Sie sagt: »Bitte verzeih mir.«

Was ich befremdlich finde, wirklich wahnsinnig befremdlich. Mehr als das. Es macht mir eine absolute Scheißangst. »Gibt es denn was zu verzeihen?«

Jora sagt: »Hör den. Anrufbeantworter ab.«

Das tue ich dann. Ich taste mich raus in den Flur, finde das glühende Display und drücke den Knopf daneben. Jora hat die Nachricht nicht gelöscht. Jora hat die Nachricht für mich aufgehoben, damit sie mir das erklärt, was sie mir nicht erklären kann.

Auf dem Anrufbeantworter ist die Stimme eines Mannes.

Sie dröhnt. Es ist eine bärige, tiefe Männerstimme, die ich nicht kenne. Sie sagt: Magdalena.

Den Namen habe ich fast vergessen. Habe fast vergessen, dass meine Mutter einen hat. Brauche einen Augenblick, um ihn ihr zuzuordnen.

Magdalena, sagt die Stimme, ich hoffe, das erreicht dich. Ich weiß, dass du sie aufgenommen hast. Ich weiß, sie ist da oben bei dir. Es sind jetzt schon Monate. Bitte ruf mich zurück.

Das sagt die Stimme.

Ich spiele die Nachricht erneut ab. Und dann noch ein drittes Mal. Nicht weil ich so lang brauche, um zu kapieren, was sie bedeutet, sondern weil ich wohl irgendwie hoffe, dass sie sich beim nächsten Abspielen ein bisschen verändert hat. Hat sie nicht.

Als ich zurück in die Küche komme, weiß ich, Jora ist verschwunden, bevor ich überhaupt durch die Tür bin. Das ist nur folgerichtig. Sie ist weg, wie es alle irgendwann sind. Sie ist durch die Hintertür raus, wie alle Lügner das tun.

93

In der Nacht kann ich nicht schlafen. Ich will warten, bis August nach Hause kommt, aber er tut es nicht, oder zumindest höre ich ihn nicht kommen, und irgendwann übermannt mich die Müdigkeit. Ich träume von Mutter, wie ich mit ihr im Auto sitze. Wir fahren über die Landstraße, die aus Wilmer rausführt Richtung Süden, und wir fahren viel zu schnell.

Wir sehen den Fuchs nicht über die Fahrbahn huschen. Aber das rote Fell hängt an der Stoßstange.

Ist er tot? frage ich.

Ich weiß es nicht, sagt meine Mutter.

Als ich wieder aufwache, ist es längst noch nicht Morgen, aber ich ziehe meinen Mantel und die großen Stiefel an und laufe raus in den Garten, finde die Apfelbäume unheimlicher denn je, finde den Garten wilder und unzähmbarer denn je, finde das Haus im Rücken winziger denn je, finde daran nichts Schönes. Ich laufe raus auf den Feldweg. Als könnte ich Jora noch einholen, was ich natürlich nicht kann.

Ihr Auto parkt nicht mehr draußen.

Ich finde Jora nicht, aber August findet mich. Mit der Öllampe von der Veranda kommt er mir hinterhergelaufen, sein Gesicht flackernd und fremd. Er schaut mich an, als würde er in meinem Gesicht nach etwas suchen, das er wiedererkennen könnte.

Ich sage: »August.« Ich will ihm sagen, was passiert ist, aber alles bleibt im Hals stecken, krallt sich mir in die Kehle.

»Ich weiß«, sagt er, »ich weiß.«

Er greift nach meiner Hand. Hält sie so, dass ich mich jederzeit daraus befreien kann, so, wie ich immer möchte, dass er meine Hand nimmt. Wir drehen um, zurück zum Haus. Drinnen wartet nichts, wovor wir uns fürchten müssten.

94

Zwei Tage bin ich in meinem Zimmer und lasse die Zeit vergehen. Gesternheutemorgen, keine Abgrenzungen. Mein Zimmer kommt mir nicht klein vor, aber zu klein für mich, zu klein für alles hier drin, den Schreibtisch, das Bett, die Bücher, die Bücher, die Bücher. Von innen heraus entwächst alles dieser Hülle.

Am Abend klopft August. Er stellt einen Teller für mich hin. Reibekuchen mit Apfelmus, das wirklich unendlich sauer schmeckt.

Er sagt: »Ich habe mit Mutter telefoniert.«

Ich sage nichts.

Er sagt: »Sie kommt nach Hause.«

Ich sage nichts.

Er setzt sich mir auf dem Teppich gegenüber, greift in seine Plattenkiste, zieht ein Album heraus und legt es auf. Heftiges Orchester. Alles schwappt aufwärts, ich stelle mir mein Zimmer unter Wasser vor, alles wird herausgeschwemmt.

Der Gedanke macht mir keine Angst.

August spricht mit mir, so gut er kann. Vielleicht, wenn Mutter wiederkäme. Und Jora auch. Worüber man nicht sprechen könnte. Was es nicht zu erzählen gäbe.

Eine Wahrheit finden, die für alle funktioniert, denke ich. Ahne ich schon.

»Denkst du nicht, sie kommt noch mal zurück?«, fragt August.

Er ist die Felder abgefahren, weiß ich. Er ist früh mit dem Fahrrad aus dem Haus und kam viel zu spät zurück. Er muss die Felder abgefahren sein.

»Nein«, sage ich. Weil das die Regel ist. Das sage ich ihm nicht.

Er erwidert: »Du bist einmal zurückgekommen. Und ich auch.« Und dann fügt er hinzu: »Mutter ist auch zurückgekommen, glaube ich.«

Was wahr ist und falsch zugleich.

Irgendwann sehe ich mich dann gezwungen zu fragen: »Bist du wütend?«

Damit ich Augusts Wut verwenden kann, als Maß für meine eigene.

Er sagt: »Ich glaube, ich hab es gewusst.«

Und ich, wieder: »Aber bist du wütend?«

Und er: »Ich finde das sehr schwierig, weißt du. Wütend zu sein auf jemanden, den ich verstehen kann.«

Ich weiß genau, was er meint.

95

Dinge, die ich nicht weiß: dass Joras Stiefmutter von weiter nördlich kam und kaum etwas erzählte von sich. Dass Jora, die da noch nicht Jora hieß, sie am Anfang gar nicht mochte. Nur die Geschichten mochte sie. Die Stiefmutter konnte gut Geschichten erzählen. Vor allem die Geschichte mit den Walen, die erzählte sie, als hätte vor Jora nie jemand richtig zugehört. Überhaupt sprach die Stiefmutter, als wäre sie selten gehört worden, als hätte sie ihre Stimme gerade erst bekommen. Immer war sie entweder zu leise oder zu laut. Als wäre der Lautstärkeregler kaputt. Als wäre alles unglaublich leise, wo auch immer sie herkam. Irgendwoher, aus einem kleinen, wirklich kleinen Ort. Wo das Ende der Welt bereits ausgeschildert sein musste. Jora stellte sich dichte Wälder vor und unendlich lange Straßen, die nirgendwohin führten.

In ihrem Zimmer hockte sie am Schreibtisch und malte hin und wieder den See, von dem sie ganz fest glaubte, die Stiefmutter hätte ihn erfunden. Einen See voller Wale gab es nicht. Ihr Vater war die Sorte Vater, die Kindern beibringt, fantastischen Geschichten nicht zu vertrauen.

Darum wusste Jora, man konnte in einem See auch nicht seinen Namen verlieren.

Dinge, die ich nicht weiß: Die Stiefmutter war immerhin da. Der Vater war es nicht. Die Stiefmutter hatte einen neuen Namen für Jora. Weil man einen Namen zwar nicht in einem See verlieren kann, aber ihn freiwillig abgeben, das geht. Mütter geben ihren Kindern Namen. So ist das gut und richtig. Und als die Stiefmutter dann nicht mehr da war, wie jeder irgendwann nicht mehr da ist, als sie und der Vater sich stritten, im Hausflur, auf der Straße, am Telefon, als sie nach Hause zurückmusste zu einer anderen Familie, über die Jora kaum etwas wusste, nichts hatte wissen dürfen, da blieb auch nur der Name zurück.

Dinge, die ich nicht weiß: Kannst du mich nicht mitnehmen? fragte Jora.

Dinge, die ich nicht weiß: Du kannst mich besuchen kommen, wenn du älter bist, sagte meine Mutter.

Dinge, die ich weiß: Viele Kilometer nördlich saß ich in meinem Zimmer und vermisste Ingrid ungefähr so sehr, wie Jora meine Mutter vermisste. Unsere Abwesenheiten hatten am Ende dann doch eine ganz ähnliche Form. Und später werde ich das auch verstehen.

Man kann eine Geschichte nur bis zu dem Punkt erzählen, an dem sich die Jetzts treffen, denke ich. Der Punkt, an dem die Realität des Erzählens und die Realität des Zuhörens sich unendlich annähern und annähernd berühren, bis zu diesem

Punkt erzählt man eine Geschichte. Bis zu diesem Punkt erzählt man eine Geschichte insbesondere dann, wenn man sie sich selbst erzählt.

96

Mein Vater erfand eine Geschichte für mich, als ich ein Kind war. Weil er mir sonst nichts schenken konnte und weil es das war, was man in seiner Familie schon immer tat. Auch wenn ich die Geschichte nicht unbedingt als Geschenk empfand. In der Geschichte verliert ein Mädchen in einem See seinen Namen und kämpft, ihn zurückzubekommen. Sie schwimmt meilenweit in diesem gigantisch großen See, der eigentlich schon fast ein Ozean ist. Sie muss den Namen wiederfinden, sich selbst wiederfinden, kein Weg ist zu weit für so etwas. Sie schwimmt den verfänglichen Algenfeldern davon, sie schwimmt den Seeungeheuern davon, sie schwimmt der ganzen Welt davon und ist am Ende verloren, taucht nicht mehr auf aus der Tiefe, verirrt sich in Unterwasserhöhlen und wird nie wieder gesehen, wird eins mit dem Wasser. So oder so ähnlich hat mein Vater das erzählt. Ich weiß es nicht mehr genau. Ich glaube, langsam entgleitet mir wirklich die Erinnerung.

Vielleicht wird sie auch nur weniger wichtig.

Ich verstehe schon – das Mädchen in der Geschichte hatte ein bisschen zu gründlich gesucht, war ein bisschen zu überzeugt davon gewesen, etwas finden zu müssen, das nicht zu finden und vielleicht gar nicht verloren worden war, mein Vater erzählte mir das, und ich hörte zu und wusste nicht, ob er mich trösten, mich warnen oder mir drohen wollte.

So ganz wusste ich das bei vielen von Vaters Geschichten nicht.

Jetzt weiß ich, am leichtesten finden sich sowieso die Dinge wieder, nach denen man gar nicht gesucht hat.

Mein Vater würde auch heute meine Geschichte auf diese Weise erzählen. Er würde erzählen, wie ich jemanden gefunden und wieder verloren habe, wie man alles Gefundene irgendwann wieder verliert und wie ich mir dabei selbst abhandengekommen bin. So oder so ähnlich. Aber mein Vater erzählt meine Geschichte nicht, ich erzähle sie selbst. Ich erzähle, wie ich am Ende wieder aufgetaucht bin, aus dem Wilmersee. Weil ich irgendwo aufhören muss. Und ich habe entschieden, dass es mit dem Wilmersee beginnen und auch enden sollte.

Am dritten Tag traue ich mich wieder raus. Um mich zu versichern, dass die Welt noch da ist. Und natürlich ist sie das, das ist sie immer, nach dem letzten Tag, nach dem allerletzten Tag, auch heute. Irgendwann lernt man das. Die Welt ist immer noch da, am nächsten Tag.

Die Dachbodenluke hängt offen, wir haben sie nicht mehr geschlossen. Oben höre ich August über die Dielenbretter schlurfen. Er räumt die Kisten nach unten in den Keller. Den Kopf freikriegen, so nennen wir das.

Ich hole mein Fahrrad aus dem Garten und schiebe es raus auf die Straße.

Ich glaube, ich habe an Wilmer nie besonders viel gemocht, aber ich mag, wie wenig die Jahreszeiten hier irgendetwas verändern. Mir kommt alles gleich vor, das fehlende Laub scheint nichts zu nehmen oder zu geben, der Raureif auf den Gartentoren auch nicht. Regen und Stürme und Schnee und heiße Sommer und eiskalte Winter können wüten, so viel sie wollen, Wilmer interessiert das nicht, es steht hier und bleibt hier stehen und weist den Weg zum Anfang vom Ende der Welt. Dächer werden neu gedeckt, ein paar Zäune neu gestrichen, und nichts ändert irgendetwas. So war das immer. Und so wird es bleiben.

Das Kopfsteinpflaster schüttelt mein Fahrrad durch. Meine Handflächen kitzeln von der Vibration.

Auch das mag ich.

Ich drehe um, fahre Richtung Waldrand.

Ich erwische mich beim Ausschauhalten, weil ich nicht anders kann. Weil ich langsam lerne, das Hassen zu verlernen und die Wut. Beides führt nirgendwohin. Irgendwie hoffe ich, ein Stuttgarter Nummernschild zu entdecken oder einen roten Haarschopf. Nichts davon wäre hier zu übersehen.

Es gibt aber auch nichts zu übersehen, weil Jora nicht da ist.

Weil Jora überhaupt nur da gewesen ist, um jemanden zu finden, den wir auch schon verloren hatten, und ein bisschen frage ich mich, was passiert wäre, wenn sie mir einfach von

Anfang an alles erzählt hätte. Ob wir dann gemeinsam hätten suchen können. Aber je länger ich darüber nachdenke, desto mehr wird mir klar, das hätte nicht funktioniert. Dann hätte Jora mich nämlich nicht gefunden auf die Art, auf die sie mich gefunden hat.

Ich glaube, ich wollte gefunden werden.

Am Waldrand lege ich das Fahrrad ab. Mein Arm juckt überall. Alle Nerven laufen auf Hochtouren. Ich schiebe den Mantelärmel ein Stück hoch, kratze mich da, wo es am meisten juckt, wo im September noch diese tiefe Furche gesessen hat. Jora hat recht behalten.

Es hat eine ziemlich hässliche Narbe gegeben.

97

Später dämmert es. Eine Woche bis Weihnachten. Die längste Nacht hat uns noch nicht erreicht, da wird es hier keine sieben Stunden hell sein.

Ich fahre nach Hause.

So aus der Ferne, im Dämmerlicht, sieht unser Haus aus wie wirklich jedes Haus hier am Siedlungsrand. Die Dachschindeln und die Sprossen in den Erkerfenstern. Der weite Vorgarten, die ungepflasterte Einfahrt, der Holzzaun, der Lack, den die Jahre von der Haustür zupfen. Es könnte wirklich jedes blöde Haus der Welt sein, in jedem blöden Dorf der Welt. Weil man ja nicht sehen kann, was das Haus alles gesehen hat.

Ich finde auch, es sollte diese Dinge zukünftig für sich behalten.

Als ich ankomme, brennen im Haus alle Lichter. Total seltsam erleuchtet sieht es aus. Nebenan bei den Meißners ist alles dunkel, aber unser Haus bestrahlt die ganze Straße.

Irgendwie weiß ich gleich, was das bedeutet.

In der Einfahrt steht ein kleiner grüner Wagen. Im Wohnzimmer wartet meine Mutter. Die unser Haus immer sehr dunkel findet, seit sie andere Häuser kennt.

»Hallo«, sagt sie, und dann schweigt sie.

»Hallo«, sage ich, und dann schweige ich.

In der Küche stehen wir im Dreieck, August, Mutter und ich, und für meine ganzen Geister von früher ist gar kein Platz mehr.

August und Mutter übernehmen das Sprechen. Ich bin dankbar. Vor allem dankbar für August, der eine ganz sachliche Miene aufgesetzt hat, die Miene eines erwachsenen Mannes. Steht ihm besser, als ich gedacht hätte. Er erzählt nicht weit ausholend, er nennt die Fakten. Was passiert ist. Was vielleicht passieren sollte.

Und Mutter nickt und nickt und sagt, dass es ihr leidtäte. Wirklich leid.

Ja, uns allen. Uns allen. Wirklich.

Sie kommt mir ein bisschen geschrumpft vor. Zum ersten Mal merke ich, dass sie mir wirklich nur bis zum Ohrläppchen reicht, allerhöchstens. Und Jora ist ja noch mal einen halben Kopf größer als ich. Einen ganzen Kopf größer als Mutter. So groß wie Ingrid. Daran muss ich denken. In meiner Vorstellung reihe ich uns alle der Größe nach nebeneinander auf und kann dem Gespräch der beiden kaum folgen.

August: Was wir denn jetzt machen würden?

Mutter: Auf dem Handy hätte sie es schon versucht. Und in Stuttgart hätte sie auch angerufen. Es würde schon in Ordnung sein.

August: Gar nichts wäre in Ordnung. Das müsse sie doch wirklich wissen.

Mutter: So hätte sie das nicht gemeint.

Auch Mutter: Das wäre eben alles ein Missverständnis gewesen. Und auch ein Fehler.

Ich weiß nicht, was genau der Fehler war, dass sie überhaupt gegangen ist oder Jora getroffen hat oder Vater oder uns in die Welt gesetzt hat. Rein physikalisch gesehen ist das alles sehr nüchterne Unordnung, hat ja nur Materie aufgewirbelt, rein physikalisch hat das nichts gemacht, außer mehr Chaos ins Universum zu schütten, was sich sowieso nicht verhindern lässt. Aber so sieht Mutter die Dinge nicht.

Ich bin froh, dass ich die Dinge so sehen kann.

Ich verabschiede mich als Erste ins Bett. Obwohl ich weiß, dass ich nicht schlafen werde. Jetzt, wo niemand mehr neben mir sehr umständlich ein- und ausatmet, findet mein Kopf keinen Rhythmus, an den er sich anpassen könnte. Ich spreche dann doch noch mal mit Ingrid: Schon schade, das alles. Es hätte ja anders sein können, oder?

Aber es kommt keine Antwort, weil Ingrid sich nicht mehr blicken lässt. Ich muss mich richtig anstrengen, um zu spüren, dass sie noch da ist, auf irgendeine Art wohl immer da sein wird, solange ich sie noch brauche. Ich schätze, das macht man so, in einer Familie. Wenn noch irgendetwas funktioniert.

Ich stehe auf und kippe das Fenster, lasse etwas kalte Nachtluft herein. Nichts bleibt ewig ausgesperrt, wenn etwas zurückkehren möchte, muss ich es lassen. In der kalten Scheibe halte ich dem Blick meiner Spiegelung stand.

Ich kann mir die Antwort selbst geben: Ja, schon schade, sehr schade, aber das macht das Chaos, oder etwa nicht, diese ewige Verdichtung, da weiß man immerhin, dass überhaupt irgendetwas da war.

Zweiter Hauptsatz Thermodynamik: Die Entropie kann nur abnehmen, wenn man sie in ein anderes System umleitet.

Ich glaube, das bedeutet, dass das Chaos nur abnehmen kann, wenn man es mit jemandem teilt.

98

Die Wintersonnenwende kommt. Die sieben hellen Stunden des Tages sind wirklich ziemlich dunkel.

Meine Mutter lässt ständig das Licht brennen, im ganzen Haus. Sie spricht viel am Telefon. Durch die Wände höre ich sie in allen Ecken. Wenn sie besonders laut wird, oder besonders leise, möchte ich glauben, dass sie mit Joras Vater spricht. Oder mit Jora selbst.

Ich höre nicht hin.

Wir sprechen kaum miteinander, meine Mutter und ich. Sie macht mir Frühstück. Wir sitzen uns gegenüber, wie ich noch vor einigen Tagen Jora gegenübergesessen habe, und das Radio spricht an unserer Stelle. Meine Mutter schaut mich an. Ich will, dass sie etwas zu mir sagt.

Ich will, dass sie bloß den Mund hält.

Ich stelle mir vor, wie sie so etwas zu mir sagt wie: Ich habe ja immer geahnt, ihr würdet euch verstehen, wenn ihr euch mal trefft. Ihr wart beide so stille, verlorene Kinder.

Ich würde wissen wollen, ob wir denn verloren waren oder etwas verloren hatten. Irgendwie liegt da schon ein Unterschied.

Natürlich sagt sie nichts in der Art zu mir. Ich weiß auch nicht, wie ich das finden würde, wenn sie jetzt so etwas sagen würde. Ich denke, ich fände es unfassbar befremdlich. Es sollte für eine andere Zeit aufgehoben werden.

Irgendwann legt Mutter dann die Zeitung weg, greift über den Tisch und legt ihre Hand auf meinen Arm. Lässt lieber ihre Augen sprechen.

Das können wir beide sehr gut.

Ihre Handflächen sind wirklich sehr, sehr warm vom Halten der Teetasse.

99

August sitzt am Klavier und spielt nicht. Er klappt den Deckel auf, legt die Hände auf die Tasten, zieht sie wieder zurück. Und Mutter drängt ihn diesmal nicht zu spielen. Auf dem Weg in die Küche berührt sie im Vorbeigehen seine Schulter und sagt nichts, und es ist ein anderes Schweigen als früher, merke ich. Ein Schweigen, weil gerade nichts gesagt werden kann. Kein Schweigen, weil nichts gesagt werden darf. Ein Riesenunterschied. In ein Schweigen, das nur da ist, weil nichts gesagt werden kann, kann man sich einwickeln wie in eine Wolldecke. Das habe ich von Jora gelernt. Und frage mich, ob Jora es von meiner Mutter gelernt hat.

August frage ich, was jetzt wohl passieren wird. Ich frage ihn das, weil er, als er vom Klavier wieder aufsteht, aussieht wie jemand, der so etwas beantworten kann.

»Wir warten«, sagt er, »darauf, dass etwas gesagt werden kann.«

Als ich abends noch ein bisschen draußen sitze und er durch

die Terrassentür kommt, um sich zu mir zu setzen, teile ich meine Wolldecke mit ihm. Wenn wir schon nie ein Flüstern geteilt haben wie er und Ingrid, teilen wir jetzt zumindest ein Schweigen, das niemandem etwas vorwirft.

100

Was uns verlassen hat, hat eine wirklich komische Art, uns wiederzufinden, wenn es uns denn wiederfinden möchte. In Formen, die wir nicht erwartet haben und auch nicht jedes Mal erkennen. Weil nämlich nichts wiederaufersteht und nichts ins Leben zurückgeholt wird, daran glaube ich nicht mehr. Aber das Verschwundene und Verlorene dieser Welt ist gut im Gestaltwandeln. Das glaube ich zu wissen.

In Form von Geschichten kehrt viel zu uns zurück.

In Form von Menschen aber auch.

Später wird wieder erzählt werden, irgendwie ist mir das klar, auch in diesem Winter schon. Später werden wir beieinandersitzen, und es wird Platz geben für ein Verstehen und ein Nichtverstehen, für das, was erzählt werden muss, und das, was ausgelassen werden kann. Beides ist wichtig. Das weiß ich schon jetzt. Verstehen geteilt durch Nichtverstehen ergibt Möglichkeit des Verzeihens als Quotient. Oder so ähnlich.

In der Schule hat man mir erklärt, dass Mathematik nicht so

einfach ist, wie ich zu wissen glaube. Aber das spielt jetzt keine Rolle. Jetzt bin ich allein unten am Wilmersee, und es bringt mir nichts zu denken, alles wäre unerträglich kompliziert. Weil es das ist, und doch überhaupt nicht ist.

An den äußersten Ausläufern, wo das Wasser ganz flach ist, ist der See ein bisschen angefroren, aber zufrieren wird er nicht, das spüre ich gleich. Dafür ist der Winter nicht kalt genug.

Ich laufe in Zacken, vom Seeufer hoch zum Waldrand, wieder zurück, wieder nach oben. Suche nach rotem Fell zwischen den braunen Sträuchern. Auch wenn es hier kaum Füchse gibt, seit Jahren schon nicht mehr. Egal. Unmöglich ist es nicht, dass mir noch mal einer begegnet.

In den Bäumen ist es stiller. Die Zugvögel sind längst alle fort, fürs Erste.

Ich setze mich ans Ufer.

Dort sitze ich eine ganze Weile und schaue raus auf den See, ich bin ganz auf die andere Seite gelaufen, ich sehe in der Ferne den Steg, und da sitzen ein paar Leute dicht beisammen.

Hinter mir knistert es im Unterholz. Noch drehe ich mich nicht um.

Die kleine Waldinsel liegt jetzt links von mir, sie sieht ganz nah aus, als könnte man sie mit wenigen Schwimmzügen erreichen, eine Anstrengung, aber keine große. Ich stelle mir vor, wie ich einfach Anlauf nehme, einmal quer durch Wilmer, quer durch den Wald, quer über die Felder, so viel Anlauf wie möglich, und mit einem Satz über den See springe, der weiteste Sprung aller Zeiten. Kein Eis der Welt muss mich tragen. Ingrid würde dort auf mich warten und wissen, nach all den

Jahren: Ich traue mich. Gerade weil ich schon immer so ein Feigling gewesen bin.

Und ich glaube, ich war auch wirklich lang genug unter der Oberfläche. Es ist mir allmählich zu kalt und einsam hier unten, und ich habe keine Ausrede, mich weiterhin hier versteckt zu halten, vor mir selbst und allen, die mich kannten, vor dem See und auch danach. Weil alles passiert ist, wie es passieren musste. Und am Grund des Sees kann man sich dann abstoßen. Man stößt sich ab und bricht aufwärts, durch Eis und Wasser und was da sonst noch so im Weg ist.

Ich bin also unter der Oberfläche und schaue nach oben, das Eis ist kilometerdick, aber ich kann den Himmel sehen und die Bäume. Von unten klopfe ich gegen das Eis. Bis endlich jemand über den See gewandert kommt, der mich hört, von da unten, und sich hinkniet und zu mir hinabschaut, und dieser jemand sieht aus wie der Herbst selbst, mit den roten Haaren und den Augen, die garantiert zu Eis gefrieren könnten, wenn sie das wollten.

Jora sieht mich. Ich weiß, sie ist da. Durch ewige Eisschichten ruft sie meinen Namen.

Und dann zieht sie mich raus.

Danksagung

Die Zeit, in der dieses Buch entstanden ist, war eine besonders tiefe Zeit. Ich bin immer noch ziemlich weit davon entfernt, physikalisch korrekte Aussagen über die Zeit tätigen zu können. Aber wenn Zeit eine Tiefe hat, dann muss das etwas mit sich bringen, nämlich die Vertiefungen, die sie in mir und meiner Art, über mich und die Welt nachzudenken, hinterlassen hat. Und die Zeit, die ich mit diesem Roman verbracht habe, zog viele Momente nach sich, in denen ich in diesen Tiefen verschwand und nicht unbedingt habe auftauchen wollen. Wie das manchmal eben so ist. Es ist die wundersame Schuld vieler Menschen, dass ich es dennoch konnte. Diesen Menschen habe ich an dieser Stelle zu danken:

Meiner Familie – meiner Mutter, meinem Vater und meiner Schwester Alicia, der ich fast den Namen geklaut habe für diesen Roman. Aber nur fast.

Adam Heise, der verstanden und dran geglaubt und sich

vielfach mit mir der Frage »Who the F**k is Alice?« entgegengestellt hat.

Heide Kloth, die dieser Geschichte ein Zuhause gab, und dem Rest des großartigen Ecco-Teams, dem ich ebenfalls zu heftigem, sprachlosem Dank verpflichtet bin.

Meinen Freunden, meiner zweiten Familie, meiner Großraum-Frankfurt-Gang ebenso wie allen, die ich über das Land verteilt einsammeln und behalten durfte im Laufe der Zeit. Selbst diejenigen von euch, die dieses Buch nie in der Hand oder auf dem Bildschirm oder sonstwo vor sich hatten oder haben werden, haben es auf eine Weise berührt, die ich euch höchstens spüren lassen, aber nicht erklären kann. Und ich danke euch auf eine Art, die von Worten kaum getragen werden muss. Oder sollte. Die ich vielleicht auf immer und ewig nur in langen Nächten und Freibier und purem Für-euch-dasein werde ausdrücken können.

Und zuletzt: den Menschen, die mir zutrauten, etwas zu sagen zu haben, als ich noch nicht wusste, wie genau man etwas zu sagen hat. Vielleicht wisst ihr, wer ihr seid. Falls nicht, werde ich euch bei nächster Gelegenheit daran erinnern.

Ihr seht, ich habe etwas gesagt.

Ich hoffe, es kann jetzt für sich selbst sprechen.